Dahlia de la Cerda

Cadelas de aluguel

Tradução

Marina Waquil

© Dahlia de la Cerda, 2022
Publicado através de acordo com Casanovas & Lynch
Literary Agency

© 2025 DBA Editora

1ª reimpressão

PREPARAÇÃO
Eloah Pina

REVISÃO
Carolina Kuhn Facchin
Fernanda Marão

ASSISTENTE EDITORIAL
Nataly Callai

DIAGRAMAÇÃO
Letícia Pestana

CAPA
Isabela Vdd (Anna's)

PINTURA DA CAPA
© María Fragoso Jara / Cortesia da artista e da 1969 Gallery, Nova York

Todos os direitos reservados à DBA Editora.
Alameda Franca, 1050, cj 82
01422-001 — São Paulo — SP
www.dbaeditora.com.br

Dados Internacionais de Catalogação na Publicação (cip)
(Câmara Brasileira do Livro, sp, Brasil)

Cerda, Dahlia de la
Cadelas de aluguel / Dahlia de la Cerda ; tradução Marina Waquil.
1. ed. -- São Paulo : Dba Editora, 2025.
Título original: Perras de reserva.
ISBN 978-65-5826-097-4
1. Ficção mexicana I. Título.
CDD-M863 24-232887

Índices para catálogo sistemático:
1. Ficção : Literatura mexicana M863
Eliete Marques da Silva - Bibliotecária - CRB-8/9380

SUMÁRIO

SALSINHA E COCA-COLA	09
YULIANA	19
QUE DEUS NOS PERDOE	39
CONSTANZA	47
DEUS NÃO SE METEU	61
LA CHINA	69
ROSA DE SARON	85
REGINA	91
"MARIPOSA DE BARRIO"	105
O SORRISO	115
LANTEJOULAS	129
CU DE PALHA	139
LA HUESERA	149
NOTAS DA AUTORA	173

SALSINHA E COCA-COLA

Sentei na privada, fiz xixi no teste de gravidez e esperei o minuto mais longo da minha vida. Positivo. Tive um ataque de pânico e em seguida uma discreta felicidade; acariciei minha barriga com ternura. Sempre que via aquelas cenas de uma garota no vaso sanitário esperando para saber se estava grávida, achava patético. "Isto é patético", pensei. Embora, para ser sincera, eu esteja acostumada a ser patética. Talvez por isso me identifico com personagens como Jessica Jones ou Penny Lane de *Quase famosos*. Levantei, lavei o rosto e saí do banheiro. Me deixei cair na cama.

Tenho certa resistência em aceitar más notícias. Alguns diriam que as evito, mas não, só é difícil acreditar que tudo de ruim acontece justo comigo. Já me chifraram, já fui assaltada na rua, meus bichinhos morreram envenenados ou atropelados, não conheço meu pai e perdi minha mãe há alguns anos. E agora, na gaveta direita da minha cômoda, um teste de gravidez com duas linhas cor-de-rosa. Por isso fiz um exame de sangue para confirmar. Positivo. Eu não sabia que os testes caseiros são imprecisos em resultados negativos, nunca em positivos. Não estava preparada para botar um filho neste mundo de merda.

Lembro perfeitamente que naquele momento tocava "Desorden", da María Rodes, na caixinha de som da Amazon.

É a música que define a minha vida. Estou presa num ciclo infinito de decisões ruins cujas consequências são, sem exceção, dramáticas e

Vuelvo a pasar por el camino acostumbrado
sin acordarme de si es el equivocado
y aunque parezca que lo tengo controlado
algo me dice que otra vez se me ha escapado.
Probablemente sea un ciclo inacabado
de desaciertos o de amor desesperado.[1]

Você pode pensar que estou exagerando, porque uma gravidez indesejada não é uma calamidade, mas para mim era sim. Era a pior calamidade da minha vida. Um maldito tsunami que, com sua água salgada, destruía cada um dos meus sonhos e metas e sabotava até mesmo os erros que eu ainda ia cometer.

Mandei uma mensagem para Gerardo. "Estou grávida", disse. "Você tá de sacanagem! Você tá de sacanagem!", ele respondeu. E então me mandou os emojis mais ridículos do mundo. "Vamos ser pais. Diana, que felicidade!" "Felicidade? Não. Não, nem fodendo." "Não me diz que você quer abortar? Você tá de sacanagem, Diana?"

Estou mentindo... Não existe Gerardo nenhum. Me deu vontade de acrescentar romance à história. A gravidez foi

---

[1]. "Volto a passar pelo caminho de sempre/ sem lembrar se é o errado/ e embora pareça que o tenho sob controle/ algo me diz que mais uma vez me escapou./ É provavelmente um ciclo inacabado de erros ou de amor desesperado." (N. T.) [Esta e demais notas são da tradutora, exceto quando sinalizado.]

resultado de uma noite de bebedeira. Eu não sabia o nome do cara nem queria saber. A performance dele não valeu nada a pena. Sim, eu estava grávida de um cara que trepava mal.

Sou o tipo de garota que costuma ser usada como argumento contra o aborto. A que sai e dorme com a primeira pessoa que fala direitinho com ela. A que deveria tomar anticoncepcional ou ligar as trompas ou fechar as pernas. Me deixo abraçar com força por estranhos. Gosto de festa, de ficar muito bêbada e de pagar mico afogada em álcool.

A ideia de levar a gravidez até o fim nunca passou pela minha cabeça. Então fui me informar sobre minhas opções para abortar. Pesquisei na internet por "aborto" e encontrei várias clínicas, todas na Cidade do México. Não estavam ao meu alcance. Li uma grande variedade de métodos sinistros. Salsinha na vagina, enemas vaginais de Coca-Cola com aspirina e sapoti-preto, chá de arruda, chá de orégano, chá de anis-estrelado e furar o útero com um cabide de roupa. De clique em clique cheguei a um vídeo em que um feto lutava pela vida gritando "Opa, opa, meu pezinho!". Achei engraçado e achei triste.

Encontrei episódios de mulheres que fizeram abortos e falavam de hemorragias, coágulos do tamanho do mundo, curetagens dolorosas, choques hipovolêmicos, entranhas apodrecidas e comidas por vermes. Histórias de arrependimento, de dor e de terror. Entre essas histórias encontrei a de uma menina que falava sobre um medicamento, o misoprostol. Procurei no Google.

O misoprostol — segundo a Wikipédia —, embora seja usado para úlceras gástricas, produz contrações uterinas. As brasileiras das favelas descobriram que provoca abortos.

Depois de ser estudado pela Organização Mundial da Saúde, foi aprovado como forma de aborto seguro. Como eu não tinha muito o que pensar, peguei os quinhentos pesos que ainda restavam da quinzena e saí para a rua.

Tinha uma Farmácia Guadalajara na esquina da minha casa, mas me pediram a receita. Andei mais um pouco e cheguei a uma Farmácia Popular, custava seiscentos e cinquenta pesos; suspirei e continuei a busca angustiada. Procurei em outras cinco farmácias: nas que não exigiam prescrição médica, o misoprostol estourava meu orçamento, enquanto nas outras a receita era obrigatória. As lágrimas escorreram sozinhas e tive uma crise de ansiedade. "Que que eu faço?", pensei.

Caminhei por pelo menos uma hora, ou foi essa a sensação que tive. Chorei o caminho inteiro. De repente, ao longe, vi uma fantasia rechonchuda dançando uma música do Maluma Beibi. Acelerei o passo, entrei e perguntei sobre o misoprostol. A atendente, uma mulher de cerca de quarenta anos, olhou para mim com pena e disse: "Às segundas-feiras temos por trezentos e oitenta pesos". "Vou querer, por favor." "Claro, por mais dez pesos você leva uma caixinha com doze comprimidos de ibuprofeno de oitocentos miligramas." "Vou querer também." Paguei, peguei minhas coisas e saí correndo.

Assim que cheguei em casa, li novamente as informações na internet. Li três vezes para não ter dúvidas. Minhas mãos suavam, eu estava apavorada. Os manuais de aborto recomendavam não fazer sozinha, mas eu não tinha ninguém. Minha mãe faleceu há cinco anos, após um longo câncer que a enfraqueceu até os ossos. Mandei cremá-la com o que me deram de seu fundo de pensão, pus as cinzas no quarto dela e as deixei ali para sempre. As coisas estão exatamente como ela deixou. Depois que um advogado cobrou com sexo e organizou o trâmite da pensão, eu basicamente estudo e vivo dos dez mil pesos por mês que me depositam. Frequento uma universidade do Opus Dei e, embora tenha amigas, nenhuma delas é a favor do aborto, a não ser que envolva um agendamento em Houston e que depois da alta do hospital possam ir às compras num shopping.

Minha única companhia é meu gato Ricardo, que adotei um dia depois da morte da minha mãe. Ele era tão pequeno que eu tinha que alimentá-lo com leite especial e uma mamadeira. Criei Ricardo numa caixa com uma lâmpada para mantê-lo aquecido. Fui cuidadora da minha mãe durante a doença dela, então o fato de alguém depender de mim, de alguém precisar que eu volte para casa, me mantém viva, longe dos vícios e da perdição.

Li o protocolo uma última vez, liguei a TV e entrei na Netflix. Procurei um filme para abortar: *Meninas malvadas*. Abri a caixa do misoprostol, peguei quatro comprimidos, pus uma gota d'água em cada um e os meti embaixo da língua. Deixei ali por meia hora. Tinham um gosto amargo e produzir saliva foi praticamente uma façanha épica. Tive que engolir o vômito duas vezes. Comecei a tremer quase de imediato. Tomei o resto com um pouco de chá de camomila. Terminei de assistir ao filme e pus *Legalmente loira*. O calafrio aumentou e fui para debaixo das cobertas com Ricardo no colo. Vomitei e tive diarreia. Nenhum sangramento, apenas uma cólica que parecia pré-menstrual. Assim que *Legalmente loira* terminou, comecei *Miss Simpatia*, botei mais quatro comprimidos na boca e esperei que derretessem. Foi mais fácil: minha língua já estava acostumada com o gosto, não fiquei enjoada. Engoli as sobras com um chá de hortelã e preparei uma *quesadilla* de queijo branco e peito de peru. A dor veio, era como uma menstruação dolorosa, mas não exagerada. Tomei um ibuprofeno e deitei na cama com um pano quente sobre a barriga.

Um puxão dentro do útero e uma vontade incontrolável de fazer força me fizeram correr para o banheiro. Forcei e um jato de sangue e coágulos tingiu de vermelho a cerâmica do vaso sanitário. A dor piorou: não tinha mais nada a ver com menstruação, era pior. O sangramento intenso durou cerca de um minuto. Tive um ataque de pânico e senti tontura. Chorei inconsolável. Estava apavorada e não queria morrer, não em meio a sangue e excrementos. Tinha imaginado minha morte mais rock and roll, pelo menos relacionada a uma overdose. Me deixei cair no chão e abracei a privada, soluçando de medo, raiva e tristeza. Queria um Gerardo que me dissesse "vai ficar tudo bem".

A dor diminuiu. Meti a mão no vaso sanitário procurando o bebê; não encontrei. Havia apenas coágulos muito parecidos com os da menstruação. Puxei a descarga. Tirei a roupa, liguei a água quente, entrei no chuveiro, me agachei e fiz força como uma cadela em trabalho de parto. Empurrei com todas as minhas forças e com dificuldade expeli um jorro de sangue e um coágulo do tamanho de uma goiaba. Deitei no chão e fiquei lá por meia hora. Terminei o banho e alimentei Ricardo. Preparei um miojo de galinha com muito limão, peguei umas Ruffles em vez de tortilhas e uma Coca-Cola bem gelada. Fiz exatamente o oposto do que dizia o manual do aborto, que recomendava alimentos leves, soro via oral e nada de estimulantes. Fiz tudo ao contrário, talvez porque quisesse que as coisas acabassem mal, por exemplo, comigo no hospital, na prisão ou em ambos. Assisti a *Quase famosos* e dei gritinhos como sempre. As cólicas iam e vinham e a diarreia era incômoda, mas tolerável. Faltou desgraça no meu aborto. Eu tinha lido sobre hemorragias e dores terríveis e aquilo era mais uma menstruação com disenteria e gripe do que uma tragédia e, além disso, fiquei irritada porque era a primeira vez na minha vida que algo parecia terminar bem.

Pus os últimos quatro comprimidos debaixo da língua e esperei com discreta felicidade que se dissolvessem. Não tive náuseas ou calafrios, e a dor de estômago diminuiu. No máximo uma febrícula tolerável. Cliquei em *Ligeiramente grávidos*, enrolei um baseado e abri uma Heineken. Bebi e fumei maconha. Comecei a rir quando a dor voltou porque senti a mesma vontade de fazer força. Fui até o banheiro, sentei no vaso sanitário e empurrei com força. Um vermelho cor de vinho e vários coágulos do tamanho de um punho jorraram da minha vagina.

Sentei no chão e enfiei a mão na privada. Em pouco tempo encontrei um saquinho do tamanho do meu dedo mínimo com um feijãozinho rosa pálido dentro. Suspirei de alívio e sorri. Joguei o saquinho no vaso e puxei a descarga.

YULIANA

"O que começa intenso, intenso termina." Essa é a minha frase favorita porque define minha filosofia de vida, cara. Bom, mas você está aqui para saber como é que cheguei aonde estou, e não para aguentar meus provérbios. Vamos lá.

Começou com Regina, que conheci quando estudei em Guadalajara. Estudávamos juntas no Sagrado. Meu pai tinha nos mandado — eu e meus irmãos — para Perla Tapatía[2] por precaução. Minha mãe foi com a gente. Nossa casa ficava num loteamento exclusivo e bonito, mas muito longe do centro da cidade, ali na saída para Zapopan. Regina morava no loteamento ao lado, éramos quase vizinhas.

Nunca tive amigas; passei minha infância na serra. Meu pai cuidava de seus negócios na serra e nós morávamos no povoado mais perto dali: uma comunidade de três mil e quinhentos habitantes com ruas de pedra e casas de telhado de barro. O jardim de infância e o colégio foram construídos pelo meu velho. Ele também financiou o centro de saúde, reformou a praça e instalou luz elétrica. É por isso que as pessoas o amam muito e o protegiam dos marinheiros. A casa ficava nos arredores da

---

2. Apelido da cidade de Guadalajara, no México.

fazenda e tínhamos aulas com professores particulares: meu pai não queria nos pôr em risco porque tem gente mal-agradecida que te apunhala pelas costas por pura maldade, e nos levar ao jardim de infância ou à escola da cidade envolvia riscos que ele não queria assumir. Durante minha infância convivi apenas com meus irmãos e animais de estimação. Uma vez a cada quinze dias, os sócios do meu pai vinham e faziam a festa, matavam porcos e toda a galera se reunia. Era demais. Imagina um bando de pirralhos atirando em garrafas de Buchanan's e Moët e treinando os cavalos. Todo mundo curtia muito, cara. Quando eu era pequena, tinha um cavalo chamado El Pinto. Gostava pra caramba de montar nele e cavalgar serra abaixo. Ia explorar a margem do rio que ficava perto da minha casa e que, na época das chuvas, ficava caudaloso, largava El Pinto e ia nadar. Meu pai me dava uma bronca daquelas por essas saídas, mas nunca dei bola. E o que eu podia fazer se a minha casa estava sempre cercada de homens armados e eu me sentia presa? Não importava que tivesse uma sala de jogos cheia de videogames, uma tela gigante, piscina de água e de bolinhas, era uma porra de uma gaiola de ouro e por isso eu me mandava para o pé da montanha.

Um dia eu estava tomando banho no rio quando passou por ali uma família numa camionete e me convidou para ir com eles à plantação de melancia. Sem pensar duas vezes fui junto, ajudei na colheita, comemos melancias e tacos de torresmo com molho de *molcajete*. Me diverti pra caramba. Como não avisei ninguém, meus pais entraram em pânico e quase botaram fogo na cidade inteira. Quando voltei, já sentia a surra que iam me dar.

Me acostumei com as surras e continuei fugindo. Minha mãe disse ao meu pai: "Sua filha não tem jeito, porque uma cabra sempre foge pra montanha; enquanto vivermos nesta cidade de merda, ela vai continuar sendo uma selvagem". Meu pai cedeu e nos mudamos para Guadalajara.

Me enfiaram em colégios de elite. O último se chamava Sagrado Coração de Jesus, mais conhecido como Sagrado. Era de umas puritaninhas velhas e, para piorar, administrado por freiras. Minhas coleguinhas eram loirinhas, tinham sobrenomes estrangeiros e muito dinheiro; só filhas de famosos e políticos. A verdade é que eu não queria fazer amizade com nenhuma delas. Eram umas nojentas e ridículas e não me desciam. Além disso, aquelas conversas imaturas e metidas me davam preguiça. Eu não estava acostumada com aquelas bobagens de maquiagem e namorados. Com os filhos dos sócios do meu pai eu brincava de tiro ao alvo com garrafas, corria a cavalo e jogava cartas apostando em dólares. Eu era a única mulher; eles sempre ficavam irritados porque eu era a melhor no treino dos cavalos e ganhava no baralho, mas engoliam como homens. No máximo faziam um beicinho, nunca me desrespeitaram. Não por educação, mas porque ali "quem com ferro fere, com ferro será ferido". Eu só não era boa no tiro ao alvo: o barulho da bala saindo da arma me assustava. Um dia atirei acidentalmente no jardineiro — quase mato o pobrezinho — e me proibiram de usar armas para sempre. Preferiram contratar seguranças para a minha proteção pessoal.

Na sexta série fui para o Colégio Espanhol. Foi horrível. Eu era uma selvagem. Parecia um cachorro louco. Zero feminina e com um *look* desastroso. Minhas botas, meus jeans e minhas camisas Versace de fio de ouro. Minhas colegas eram umas nojentas, se achavam e faziam da minha vida um inferno de diversas formas — desde piadas inofensivas até coisas que passavam muito dos limites. Nós, mulheres, podemos ser muito horríveis, cara.

Quando terminei a sexta série, minha mãe, para me dar uma forcinha, me matriculou num curso de verão de etiqueta e estilo em que me ensinaram a me vestir, a arrumar o cabelo, a me maquiar e tudo o mais, e depois me transferiu para o já mencionado Sagrado. Foi onde conheci Regina.

A primeira vez que ela chamou minha atenção foi no Halloween: foi vestida de anjo da Victoria's Secret em um colégio católico, não estava nem aí, cara. Foi só de sutiã, calcinha, sapato de salto alto e asas penduradas nas costas. "Ela é filha de um deputado federal", me contou uma colega com cara de nojo. "Parece uma cadela", respondi. "Não seja grosseira, ela parece vulgar", respondeu a pobretona e invejosa. Eu disse: "Uau, que ovários grandes". A partir disso passei a sorrir para Regina e a defendia quando enchiam o saco dela, que me dizia com sua voz rouca e fresca: "Obrigada, você tem personalidade, hein".

Não é como se eu andasse pelo Sagrado gritando aos quatro ventos: "Olhem, sou filha de um traficante fodão, vão todas à merda, tô pouco me lixando pra vocês!". Embora não seja muito discreta, sou uma dama e sei respeitar as regras. Meu pai e meus padrinhos me aconselharam a ser assim e sempre sigo os conselhos dos mais velhos, porque cachorro velho não late à toa. Sempre usei o uniforme obrigatório e a saia abaixo do joelho. Olha, tenho delineador permanente nos olhos, lábios e sobrancelhas; nunca me maquiei de forma chamativa, porque queria ser respeitada. Mas parece que foram as bolsas que me denunciaram: sou viciada e gosto de comprar de marcas boas. Imagina, um dia eu usava uma Ferragamo, no outro uma Hermès, depois uma Chanel; minhas colegas usavam de marcas comuns, como Tous. Ainda não sou especialista em finanças, estou apenas estudando, mas acho que você não precisa da porcaria de uma calculadora para saber que, se seu pai só consegue te comprar uma bolsa Tous e sua colega tem pelo menos trinta bolsas diferentes de cinquenta mil pesos ou mais, bem, o pai da sua colega ganha mais dinheiro. E quem aqui não sabe que o crime arrecada mais dinheiro que o governo? Suponho que era uma dedução lógica, e assumo minha culpa. É que não gosto de me fazer de simplória ou que sintam pena de mim. Outras me diziam que era por eu ser meio indiazinha: não sou loira. Ou por meu leãozinho de estimação. Ou por usar um relógio feito com peças do Titanic — da marca Romain Jerome.

Embora eu seja muito branca, não tenho olhos claros e meu cabelo é preto. E, segundo elas, uma pessoa com as minhas características físicas não tem linhagem nem dinheiro de família. Mas tenho sim: nasci em berço de ouro, quer dizer, ouro é pouco, era um berço de diamante! A organização do meu pai está na lista das empresas mais milionárias do planeta desde os anos noventa. "A linhagem não vem da carteira", uma delas bufou. Tô cagando pra porra da sua linhagem, mina idiota de merda.

Minha equipe de segurança era a outra suspeita. Como naquela época eu ainda não tinha tirado carteira, andava com motorista e guarda-costas em uma camionete 4×4 normal. Não importava que metade das meninas fosse para o Sagrado com guarda-costas, no fim, os meus eram os únicos suspeitos; Regina dizia que era por causa da forma como eles se vestiam. Meus seguranças eram da velha escola: usavam jeans, botas de avestruz e camisa Versace de fio de ouro. Bom, no Sagrado todo mundo dizia que meu pai era traficante de drogas e por isso me desprezavam, não me convidavam para festas e não falavam comigo.

Me chamavam de "indiazinha". "Indiazinha é você, sua pobretona; nunca na porra da sua vida você vai poder comprar sapatos como os meus. Custaram o que o corrupto do teu pai ganha em um mês." Então me ocorreu ameaçar sequestrá-las e elas se acalmaram por um tempo. Regina e eu sempre nos defendíamos. Era uma espécie de pacto, não amizade; era um pacto de marginalizadas. Me enchiam por ser uma "indiazinha" e a ela por ser puta. Acho que a odiavam pelo corpo que ela tinha. Regina não era encorpada, era muito magra, atlética. Causava inveja; nem parecia ser mexicana. Tinha umas sardinhas muito sedutoras no narizinho redondinho e dançava lindamente.

A verdade é que eu não entendia por que me chamavam de "indiazinha"; sempre me vesti corretamente: calça Louis Vuitton, cinto Ferragamo ou Hermès, uma blusa discreta — de preferência Gucci — e salto alto — tênis ou rasteirinhas são coisas de mina desgrenhada. Além disso, sempre faço as unhas no formato amendoado, em uma única cor, sem brilho, foscas. Elas, por outro lado, usavam umas porcarias de marcas, como Zara, e aqueles trapos estilo vaqueira gringa, shorts jeans e camisetas fluorescentes. A única vantagem delas era serem loiras de olhos claros; fora isso, as "indiazinhas", ordinárias e vulgares eram elas. A verdade é que elas só me estimulavam: quanto mais coisas me diziam, mais eu gostava de andar com uma bolsa cara ou um sapato exclusivo olhando bem fixo para elas.

Como eu nunca cumpri minhas ameaças de sequestrá-las, elas se sentiram no direito de continuar com a implicância.

Pararam de me incomodar porque raspei a líder delas. A garota se achava muito poderosa, muito foda. Era filha de um irmão do presidente. Um dia ela me deixou com muita, muita raiva e eu a fiz ficar careca. Mostrei que não havia espaço para duas poderosas no mesmo lugar, porque monstros de duas cabeças são mais fracos. São decisões que você se vê forçada a tomar para forjar caráter. Bem, mandei rasparem ela. Fiquei sabendo que ela ia ao salão de beleza e mandei o Terciado fazer o trabalho; apontando a arma, ele exigiu que a cabeleireira pegasse a máquina de raspar e prosseguisse. Foi a primeira vez que dei uma ordem à minha escolta e entendi o que era ter poder. Não vou dizer que gostei, mas foi um mal necessário. Naquele momento eu já sabia que era a herdeira do cargo do meu pai na organização e, se não conseguisse apaziguar a porra de uma maldita fresca, imagine nossos rivais.

Na verdade, ocupar um lugar na organização nunca esteve nos meus planos. Eu estupidamente pensei que ia ser uma narco júnior a vida toda, que ia ficar bem de boa, cara. Eu queria me casar e ser dona de casa. Tenho namorado; estamos juntos desde criança. Ele é filho de um dos sócios do meu pai. Aos quinze anos, uns traíras mataram o patrão dele em uma operação e, como esse patrão não tinha irmãos, ele herdou o seu lugar na organização. Meu namorado é um cara muito influente, bem respaldado; respeita a família e é dedicado à organização. O Instagram dele é privado e mesmo assim tem quase um milhão de seguidores. Não mostra a própria imagem por segurança. Vai e vem da serra para a cidade porque faz bons negócios com o governo e nem sequer está nas listas da PGR ou da DEA nem nada. A DEA sabe que ele existe, mas não consegue identificar sua localização. Os do governo são parças e é isso. Tem que ser muito confiante para andar por aí sem colete à prova de balas e só com cinco seguranças. Mas, claro, a camionete dele tem até a porra dos pneus blindados.

Com treze anos viramos namorados de fato. É que a gente não tem muita opção. Quando você está neste negócio, não é tão fácil encontrar um parceiro, amigas ou alguém com quem se relacionar. Imagina se eu pego um garoto qualquer como namorado e depois confesso: "Ei, olha, meu pai é um narco". Bom, ele sai correndo na hora. E a tradição, por proteção, é casar-nos uns com os outros, como nas famílias reais. Às vezes até nos oferecem como oferta de paz; para fechar tratos ou negócios, por exemplo, costumam casar os filhos. Mas a minha história é de amor, sim. Nós aprendemos juntos a atirar, a andar a cavalo, a dançar sapateado mexicano e a estourar garrafas de champanhe. Ninguém nos forçou, nos apaixonamos naturalmente. E a organização gostou do plano.

Ele sempre me cortejou à moda antiga. Me dá buquês de flores enormes e roupas, me leva em viagens, me deu meu leãozinho, mandou compor três *corridos*[3] em minha homenagem. Ele é muito romântico e me deixa louca. Ainda estou um pouco chateada com ele, mas já quase o perdoei porque o coração sabe o que quer. É um tanto simples e um tanto complicado. Tenho à minha disposição o braço armado dos sicários mais poderosos do México, milhões de hectares de plantações de papoula e maconha, e não valho porra nenhuma para um garoto de merda?

---

3. Gênero musical tipicamente mexicano que costuma contar e narrar uma história.

Meu plano de vida era me dedicar a ficar bonita para ele; ser uma supermulher, uma dona de casa de mangas arregaçadas e mãe dedicada; fazer as cirurgias necessárias; ir ao salão todos os dias para ter uma pele macia; dar à luz filhos saudáveis, lindinhos e estilosos; cozinhar para ele; ser uma esposa exemplar, à moda antiga; ir a festas sem perder o glamour ou a compostura. Já cumpri a coisa do corpão: com vinte e dois anos já fiz... vinte?, sei lá, muitas cirurgias. Tudo o que você está vendo foi operado, porque obviamente o que não me falta é dinheiro: aumento de glúteos, tetas, panturrilhas; retirei duas costelas; fiz o nariz; tenho preenchimento nas maçãs do rosto, nos lábios e na sobrancelha; lipoaspiração e lipoescultura. Neste corpinho há um milhão de dólares investidos só em cirurgias. Meu namorado pagou tudo. Também viajamos para Dubai, França, Egito, Canadá, Japão, Tailândia e outros cinquenta países dos quais não me lembro mais. As fotos estão no Instagram. Sempre de primeira classe, fazendo compras, com muito luxo. Meu namorado é maravilhoso. A única coisa que ele nunca me deu, e que para mim era o mais importante, é a cabeça do filho da puta que matou minha amiga.

Meus planos de dona de casa foram para o saco, cara, porque tenho dois irmãos, gêmeos, e os dois são viados. Combinaram de renunciar à organização e na ceia de Natal jogaram a bomba: "Pai, nós conversamos sobre isso e não queremos ser narcos". Escândalo! "Então o que vocês querem ser, seus filhos da puta?" "Eu estilista, pai. Quero me especializar em colorimetria e extensões de cabelo", respondeu Pepe. "E eu cirurgião plástico, pai", acrescentou o outro. Eles querem construir um império também, mas de beleza e glamour! E, no fim, o que meu pai podia fazer? Não havia como forçá-los. Prata ou chumbo é um lema que não se aplica à família, código de ética narco. "Vamos lá, seus idiotas, que que eu faço?" "Ponha a Yuliana, pai, precisamos de uma rainha do sul na família", sugeriu a bicha do Beto. "E você, Yuliana, o que acha? Você gosta da ideia de ser uma Teresa Mendoza?",[4] perguntou o velho. "Ai, pai, o senhor já sabe que estou mais para Laurita Garza,[5] mas tudo bem. Às ordens, chefe", respondi resignada. "Então tá bom. Vocês melhoram as nossas mulheres e você conserva nosso império."

Regina e eu ficamos amigas no início do ensino médio. Ela que me procurou. Tinha curiosidade sobre o mundo das drogas e me disse que queria um namorado estilo narco. Você não sabe o quanto eu me arrependo, não de termos sido amigas (a mina era demais), me arrependo de ter apresentado o namorado a ela. Minha Regina tão bacana, tão linda, minha amiga. Que Deus a tenha em sua glória.

Com Regina vivi os melhores momentos da minha vida. Nossa amizade, o que se chama de "amizade", foi breve, mas dez de dez. Havia carinho, respeito e amor do bom entre nós. Tenho vontade de chorar quando me lembro dela dizendo "irmãs de arma". Regina nunca perdeu o sotaque fresco. Era uma garota desprendida, e é difícil encontrar isso neste negócio, cara. Em geral só querem ser suas amigas para que você lhes compre coisas ou para subir de nível às suas custas. E depois pisam em você se for necessário, não te dão nada em

---

4. Personagem traficante e protagonista da telenovela mexicana *Reina del Sur* (Rainha do Sul).

5. Personagem de um famoso *corrido* mexicano que narra a história de uma professora que comete suicídio depois de matar o namorado quando sente que vai perdê-lo.

troca. Regina já tinha nível, a família dela sempre esteve metida na política e ela era unha e carne com as filhas do presidente. Era bonita, bonita de verdade. Branca, mas bronzeada. Cabelo loiro natural e ondulado. Sobrancelhas grossas. Traços... juro, cara, pareciam de boneca. E uns olhos azuis de enlouquecer. O pai dava a ela e à irmã o necessário: luxos e acessos de raiva.

Ela não buscava status nem presentes nem fama nem nada, só queria mais seguidores na internet; vai saber por quê. Não fazia eu me sentir usada. Não era hipócrita nem inventava intriga pelas minhas costas. Nesse meio usam muito as páginas de fofoca e quase sempre são suas supostas amigas que vazam fotos comprometedoras ou boatos para te queimar: com quem você está namorando, quais cirurgias você fez e coisas ainda mais delicadas. Regina era incapaz de fazer uma coisa dessas, era de boa índole, de bom caráter, um superanjinho. É por isso que sua morte me machucou tanto. Quer dizer, seu assassinato.

Me custa pronunciar as palavras "homicídio" e "assassinato". Talvez porque a carapuça me sirva. Também sou assassina e culpada de homicídio, mas sinto que há crimes e crimes, e matar um sequestrador, um estuprador ou um envenenador que vende pedra feita com efedrina não é a mesma coisa que matar a namorada por ciúme. Não tem nem comparação. O que aconteceu com Regina não tem justificativa, nem explicação, nem motivo. É ou não é, cara?

Quando meu pai me nomeou informalmente, Regina ainda estava viva. Foi na semana seguinte que ela me ligou por volta das cinco da tarde e me contou chorando que o namorado tinha encontrado ela conversando na piscina com um dos guarda-costas, que matou o cara na frente dela e que tentou afogá-la.

A piscina estava cheia de sangue e a coitada chegou a se engasgar um pouco. Alguém interveio e ela conseguiu correr até um dos quartos e me ligar. Estava tendo um colapso nervoso. Falei com meu pai para pedir reforços e ele me mandou à merda. "Estou dizendo que ele quis matar ela. Ele não está respeitando os códigos, papai, temos que dar uma lição nele. Pra que ser sua herdeira se não posso tomar uma decisão como essa? Não quero mais nada disso, vai pro inferno, pai", gritei e desliguei. Liguei para o meu namorado e caiu na caixa postal. Todo esse tempo fiquei com Regina chorando no outro celular. Peguei o Terciado e o Negro e fomos atrás dela. Aconteceu em menos de cinco minutos: gritos, um disparo. E silêncio. Quando cheguei à casa do namorado dela, havia sirenes e uma ambulância.

Vi quando levaram o corpo de Regina. Ela estava vestindo um maiô branco. Corri e a abracei. Tinha um único tiro na cabeça. Minha mão, meu peito e meu rosto ficaram cobertos de sangue, o sangue da minha amiga. Corri até o namorado dela, passei o sangue no rosto dele, ameacei: "Sangue se paga com sangue, desgraçado" e fui embora.

A versão oficial é que Regina se suicidou com a arma rosa que o namorado tinha dado a ela de presente. Mentira. Eu ouvi tudo. Ele a assassinou. Enchi o funeral de rosas e fiz um alvoroço: matei um porco e construí para ela um mausoléu em forma de castelo, não queria nem saber, cara; um mausoléu com uma suíte na parte de cima. Meu namorado, tentando atenuar minha dor, me pediu em casamento; eu respondi: "Digo sim quando você me trouxer o anel na cabeça daquele filho da puta". "Não, minha rainha, não posso, não podemos: ele é afilhado do comandante Cruz Negra. Não podemos." "Sem o morto não posso me casar com você, seu frouxo, vai se foder, cagão." Fui morar no mausoléu de Regina e fiquei lá até ter que voltar para me preparar para entrar na organização. Durante esse tempo não falei com meu pai nem com meu namorado. Odiava os dois por serem covardes.

Antes de matarem Regina, a ideia de ser chefa não me desagradava, embora também não gostasse muito. Porque ser júnior, gastar dinheiro, ir ao salão e à academia e andar pra cima e pra baixo em festas não é a mesma coisa que ser patroa. Não é como se eu estivesse em posição de decidir também. Mas, quando vi que meu pai e meu namorado não serviam para nada e que eu mesma tinha que me vingar, fiquei fascinada com a ideia. Sempre fui uma mulher muito profissional e bem focada, então comecei a procurar escolas para entrar no mundo dos negócios e do comércio, que seria a minha área. Encontrei e escolhi uma muito *nice* onde estudavam todos os filhos de empresários de alto nível. Era bilíngue e tinha a opção de estudar chinês. Me imaginei fazendo acordos com os chineses para vender ópio. Foda.

Para ser sincera, não me animava muito com a ideia de aterrissar aviõezinhos carregados de cocaína na Colômbia ou de enviar carregamentos de ópio para a Ásia em barcos de pesca de camarão. Me empolgava imaginar a cabeça do cara que matou minha amiga pendurada em uma ponte ou dentro de um refrigerador ou alimentando um crocodilo. Pensei também nos *corridos* que seriam compostos para mim. E, quem sabe, talvez fizessem uma narcossérie. Me empolguei. E então passei a levar meu trabalho muito a sério.

Aqui na empresa os cargos de alto comando são herdados, raramente são obtidos por mérito. Existe uma clara linha de sucessão ao trono da erva. E eu era a herdeira. Me veio um nome bonito para uma série: *A herdeira*, que tal, hein? Começaram a me chamar assim porque, depois de muitos anos, eu era a primeira mulher que em algum momento ia ocupar um cargo importante na organização. Mas, claro, isso só ia acontecer caso meu pai fosse capturado ou morto. E neste negócio isso é um risco real. Meu pai está sempre em perigo. Tenho mais medo de ele ser pego pelo Exército do que morto. Se ele for morto, terei um corpo para chorar, um corpo para celebrar e para mandar construir um mausoléu bem foda. Se o exército o pegar, ele desaparece. Com os governos anteriores era possível negociar: havia paz e prosperidade, mas, desde o fim do último mandato, ai, que nada, é tudo uma luta. É só derrota com este governo. Em nome de uma suposta guerra às drogas, favoreceram os nossos inimigos e tivemos que passar a defender o território.

Muita gente me pergunta se não tenho nojo ou medo ou vergonha de ser filha de um assassino. Meu pai não é um assassino. Ele não apagou ninguém, tem muito dinheiro para pagar quem mate por ele. Além disso, todos nós cometemos pecados. Alguns mentem, outros roubam; o que posso dizer a favor do meu pai é que ele nunca mandou assassinar um inocente, só idiotas que mereciam, é sério. Não tenho vergonha. Tenho muito orgulho do meu pai porque ele cresceu aterrorizado num rancho onde não havia água nem luz nem nada e ele tinha que andar descalço. Um dia o convidaram para trabalhar na colheita de maconha; ele aceitou e com muito esforço foi escalando, escalando, até se juntar a outros para formar um império. Agora o povoado está irreconhecível. É por isso que as pessoas amam tanto o meu velho, porque sempre que ele vai bem nos negócios, compartilha. Mas também não é nenhum um santo. E talvez para muitas pessoas ele seja um delinquente; para mim é um pai. Penso nele como um velhaco que ensinou a filha a andar a cavalo, a atirar com pistola, a treinar os cavalos e coisas assim. É carinhoso, um bom marido. E sim, é empresário e defende a praça cortando cabeças e derrubando helicópteros; não é que ele tenha buscado isso, é que vivendo aqui era o que restava.

Quando entrei na universidade, meu pai organizou um jantar dançante em uma de nossas fazendas para anunciar que eu seria sua sucessora, e que dali em diante ia participar de reuniões e tomar decisões. Para comemorar fizemos uma festança e matamos três porcos; a festa durou até o amanhecer. Ele me comprou uma camionete nova e me designou uma nova equipe de segurança: três caras que seguiriam meus passos em outra Hummer. Me informou que havia encontrado uma acompanhante que moraria e viajaria comigo; resumindo, seria a porra da minha sombra.

La China. Ah, minha China querida. No começo pensei que meu pai estava contratando uma amiga porque me via muito sozinha desde a morte de Regina. Que nada. La China era de elite. Valentona e bonita. Vinha das terras altas de Jalisco e era alta, robusta, rechonchuda, tinha um corpão natural de mulher à moda antiga, olhos cor de mel e cabelo cacheado. Quando a vi pela primeira vez ela estava usando uma legging e um top camuflado de lycra, desses que se usa para ir à academia, boné com o emblema nacional, botas de trilha e uma pochete com um walkie-talkie. Apertou minha mão e disse: "La China, muito prazer, patroa". Tinha a mão áspera. "Sua primeira missão é ir comigo ao salão dar um jeito nas mãos, porque essas aí parecem de um catador de maconha, cara. Sua segunda operação será ir comigo às compras, e a terceira, ao salão de beleza", ordenei.

Levei La China ao salão para arrumarem aquele cabelo e comprei roupas para ela. Tive muita dificuldade com a questão do vestuário. Ela só queria saber das botas e daqueles trapos para trilha. No final a convenci e agora ela anda de calça jeans, sapatilhas Ferragamo e blusas Ed Hardy, já é alguma coisa. No início era como se ela fosse minha amiga e suas missões e operações consistiam basicamente em me acompanhar ao salão e a festas, em segurar meu iPhone para os vídeos que posto no Instagram e em cuidar de mim após as cirurgias. Aos poucos começamos a conversar sobre nossas vidas. Ela me contou sobre seu passado. Vinha de baixo, de um bairro muito humilde. Seu ex-marido batia nela e quase a mandou para o céu na porrada, então ela mandou matá-lo. Me contou da filha, da mãe, dos namorados que teve. E eu desabafei sobre Regina e minha vida de filha de patrão. Viramos parças, cara. Então me animei a perguntar de onde meu pai a tinha tirado e ela me contou tudo.

Acontece que minha nova melhor amiga era uma assassina implacável que, depois de cortar cabeças com a porra de uma serra, lavava as mãos e comia carne assada sem nojo nenhum. Havia derrubado helicópteros e esquartejado. E eu ainda chorando pela morte de Regina. Então pensei: "Tenho dinheiro de sobra, dinheiro pra caramba; sou a herdeira de um dos chefões mais poderosos do mundo; minha melhor amiga é uma sicária de um grupo armado sanguinário, e estou chorando porque um idiota desgraçado matou minha Regina. Eu não valho nada,

Malverde,[6] pode me arrastar pro inferno, sou uma merda". Depois de um pileque acabei soltando. Sugeri que ela acabasse com o cara e ofereci uma grande quantia em dinheiro, aposentadoria e um *corrido*. La China já estava cheia da grana e não estava interessada em se aposentar; você acredita que foi o *corrido* que chamou a atenção dela? Depois me confessou que tem um ódio particular pelos sujeitos que abusam das mulheres. Me disse que toda vez que ouvia falar de um desgraçado desses, sentia como se estivessem batendo nela, levava para o lado pessoal. Doía nas cicatrizes deixadas pelo ex-marido. Seu hobby é sequestrar e dar um belo sustinho em maridos e namorados abusivos. A verdade é que nossas feridas são sempre a base do que falamos, pensamos, de como agimos. La China aceitou. E aquele merda já está prestando contas com Satanás lá embaixo.

"*Las cicatrices sanan cuando se ha vengado.*"[7] La China não quis se aposentar. Eu lhe paguei e agora ela é meu braço direito. Chega a reuniões importantes de salto alto. Meu pai se aposentou por questões de saúde. Teve um infarto quando descobriu que tinham acabado com aquele lixo; ficou maluco, cara. Pensou que iam vir para cima da gente. Mas La China conhece tão bem o negócio que, para enganar o inimigo, botou o símbolo dos rivais no peito do cadáver. Começou um inferno que nem te conto. Bloqueios com caminhões em chamas, mais de cem homens mortos num mês. Nós saímos invictas. E até meu pai acreditou na história.

---

6. Jesús Malverde, considerado por muitos o Robin Hood mexicano, é um dos heróis dos narco.

7. Em espanhol, no original: As cicatrizes saram quando você se vinga. Frase do *corrido El americano*, de Jorge Santacruz e seu Grupo Quinto Elemento. (Nota da Autora)

QUE DEUS NOS PERDOE

Ai, meu Deus do céu! Como a gente ia saber, jovem! Mas, meu filho, parecia um rapaz! Usava um boné, um daqueles brincos nos lábios e tinha uma lágrima tatuada no olho esquerdo. É verdade que estava usando uma calça marrom bem passada, com uma prega no meio. Pensei em sua mãezinha, em sua santa mãe. Um mortinho não é apenas um defunto, é o filho, o irmão, o pai de alguém. Você já reparou que quando seus pais morrem te chamam de "órfã", e quando seu marido morre você vira "viúva"? Perder um filho não tem nome. Pobre da mãe dele, não consigo parar de chorar por ela! O natural, a lei de Deus, é que você seja enterrada pelos filhos, e não o contrário.

Você tinha que ter visto: chorava agarrada ao corpo, gritando para ele se levantar. Então veio com tudo para cima da gente e gritou: "Sim, roubava, mas não era má pessoa!". Você acredita, menino? Como a gente ia saber se era uma pessoa boa ou má? Só vimos ele ali, com o facão, e entre chorarem na casa dele e chorarem na nossa, melhor na dele, né? Naquela noite fazia muito frio. Minhas irmãs e eu pusemos nossa mãe para dormir. Ela não anda mais, sofre de pé diabético e é cega. Imagine só, tem noventa anos! Já está muito ruinzinha. Depois demos comida a Zapatitos, nosso gato, e preparamos um bule de café com bastante canela e uns biscoitinhos de chocolate e creme.

Estávamos terminando um trabalho. Aqui na colônia todo dia 12 de dezembro organizamos as primeiras comunhões comunitárias e era a nossa vez de confeccionar os vestidos para as meninas. Quinze vestidos de cetim branco com renda e véu. Bordamos com fio dourado uma pomba branca feita de lantejoulas e miçangas; fica bem bonito, embora seja muito cansativo. Trabalhamos como costureiras e é assim que ganhamos nosso dinheiro. Estávamos fazendo os bordados e ouvimos um barulho no quintal. Toby começou a latir. Minha irmã Emilia foi ver. "Tem um desgraçado no quintal", gritou para nós.

Vivemos em uma colônia conturbada e roubos e assassinatos são comuns aqui. Chegamos quando ainda não havia ninguém. Vivemos toda nossa infância e juventude lá no Centro Histórico. Naquela época havia dezenas de cortiços. Um dia apareceu um homem muito bem-vestido, se apresentou como representante do governo, declarou que iam comprar aqueles imóveis e que tínhamos que ir embora. Meu pai conseguiu um terreninho aqui. Naquela época era uma terra comum. Só havia montanha e uma ou duas casas levantadas com o que conseguiram: papelão, chapas de metal, tijolos velhos. Aos poucos meu pai foi construindo e conseguimos ter uma casa digna. Aí chegou outro funcionário do governo e nos informou que nossos terrenos não eram nossos porque quem nos vendeu não era dono de nada; queriam nos despejar. Nós, colonos, nos organizamos e resistimos e aqui estamos. Ainda não nos reconhecem como colônia, nos chamam de "assentamento irregular". E pela mesma razão não temos acesso a serviços, não há luz, água ou esgoto. Tudo o que você vê de iluminação e drenagem foi instalado por incorporadoras imobiliárias que assumiram o controle das terras vizinhas e construíram condomínios-gaiola e conjuntos habitacionais.

A colônia, que é como a chamamos, foi sendo povoada. Começaram a construir casas cada vez menores e deixaram vir gente muito mal-educada. Famílias sem valores morais, delinquentes e mulheres de reputação duvidosa. O governo não manda patrulhas para nos atender porque não somos municipalizados, por isso há roubos e drogados pelas esquinas. As imobiliárias não assumem responsabilidade pela insegurança, dizem que já fizeram o suficiente pavimentando e iluminando as ruas. Vivemos nas mãos de Deus.

Não era a primeira vez que invadiam nossa casa. Por volta de janeiro, um homem que alguns vizinhos queriam linchar por ser ladrão pulou em nosso quintal e fez minha irmã Martha de refém. Ficamos ressabiadas. Por isso, quando Estela gritou que tinha um safado lá fora, fomos correndo para a cozinha, que fica ao lado do quintal. E sim, meu jovem, vimos ele ali. E te digo mais: ele tinha toda pinta de delinquente. Camiseta folgada, aquelas calças curtas. Então dissemos: "Vai embora, meu filho. Não queremos problemas, somos apenas mulheres; põe a mão no coração, meu filho, você não tem mãe?". Ele não deu bola. E se deixamos ele se aproximar? E ainda com aquele facão enorme?

Estamos cansadas de viver rodeadas de violência, pobreza e roubos, por isso fico triste ao passar pelo Centro e ver shoppings luxuosos e terrenos onde foi a nossa casa. Fico triste que tenham nos despejado das nossas casas por sermos morenos e de poucos recursos, porque foi isso que aconteceu. O governo chamou de "limpeza do Centro Histórico"; a verdade é que queriam nos expulsar por sermos feios e pobres. E todos, mesmo que pobres e de feição humilde, têm direito à moradia. Aqui na colônia, você viu, nossa casa é simples, mas digna. Temos um quintal amplo com muitas plantas e espaço para os nossos animaizinhos. Você viu que criamos galinhas e perus e que também temos uma cozinha espaçosa e quatro cômodos? Porque com trabalho e esforço conquistamos nossas coisinhas em família. As construtoras e o governo são os culpados pela violência; constroem casas desumanas: moradias de dois cômodos e um banheiro e de apenas quarenta metros quadrados.

Sabe quantas pessoas moram nesses lugares? Até dez. Os meninos não têm escolha a não ser ir para a rua e acabar numa esquina. Por isso tivemos compaixão e suplicamos: "Meu filho, tenha juízo, em nome de São Judas. Vem, a gente te convida para jantar. Não vai estragar seu futuro por uma estupidez". Não nos deu ouvidos.

Aqui nos veem como presas fáceis dos criminosos porque não temos um homem cuidando de nós. Meu pai morreu de câncer há vinte anos e em seguida minha mãe adoeceu com diabetes, e nós renunciamos à vida de casadas para nos dedicar a cuidar do que existe de mais sagrado, que são nossos pais. Nossa juventude se foi com eles, cuidando deles, e nunca nos casamos; somos as solteironas da colônia. Talvez por isso ele tenha decidido invadir a nossa casa, e te juro por Deus que não queríamos fazer mal a ninguém, mas veio com o facão, e embora tenhamos gritado "Filho, não, meu filho, pega o que quiser", era como se ele estivesse em outro planeta. Minha irmã acertou a cabeça dele com uma frigideira. Eu fiquei em pânico, peguei outra frigideira e dei o segundo golpe. Demos cerca de dez golpes na cabeça, nos ombros e nas costas dele. Caiu no chão. Minha outra irmã estava fora de si, só nos olhava chorando. Quando vimos que ele estava ali, no chão, sem se mexer, chamamos a polícia.

Fomos para a sala e continuamos tomando café e comendo pão para passar o susto. Tínhamos medo de que ele se levantasse. A polícia e uma ambulância chegaram. Contamos o que aconteceu. Para nossa surpresa nos informaram: "A garota não apresenta mais sinais vitais". "A garota?", minha irmã perguntou. "A garota que invadiu para roubar", respondeu o policial. Jesus Cristo, meu filho, alguma coisa quebrou dentro de mim. Nunca pensei que fosse uma menina, juro que parecia um rapaz! Então nos aproximamos e, sem boné, sim, era mesmo uma jovenzinha. Estava com o cabelo preso em tranças. A cabeça dela, ah, meu Deus, em uma poça de sangue. Os lábios já estavam roxos. Coitadinha, vai saber o que deve ter passado para terminar daquele jeito. A mãe dela apareceu e, bom, queria vir para cima da gente. O irmão dela nos ameaçou.

Os vizinhos se amontoaram do lado de fora da casa. Entre gritos, os oficiais retiraram o corpo da jovem e nós fomos levadas para a delegacia. Nos deixaram ir embora no dia seguinte: provamos que agimos em legítima defesa. Fomos absolvidas. O que me preocupa é Deus. Uma coisa é sermos perdoadas pela justiça humana e, outra, não sofrer o castigo divino. Já fizemos uma novena para a menininha e organizamos todos os rosários da Virgem de Guadalupe em sua humilde morada. Também demos de presente às meninas os vestidos para a primeira comunhão e pedimos a São Judas que interceda por nós diante de nosso Deus Pai. Você acha que ele vai nos perdoar?

CONSTANZA

Fui educada para estar no poder. Minha família dedicou a vida inteira ao serviço público. Meu avô, por exemplo, foi prefeito e governador. Minha avó foi secretária do governo há vinte anos. E papai já foi senador, vereador e deputado federal. Embora minha bisavó, minha avó e minha mãe sejam pioneiras em quebrar tetos de vidro para que as mulheres tenham acesso a cargos em que as decisões são tomadas, minha amiga, não gosto de serviço público nem dos cargos de ingerência política. Quero ser esposa de um homem no poder, não exercê-lo. Você me entende, né? Menos Angela Merkel, mais Michelle Obama.

As pessoas me perguntam por quê. Por que não aspiro à política se tenho o capital econômico, cultural e político. Há até mulheres que me chamam de "mal-agradecida" e reclamam que eu desperdiço um espaço pelo qual tantas antes de mim deram a vida. Mas espera aí, elas perseveraram para que eu tivesse a opção de decidir, não para que eu fosse forçada a pegar um cargo só porque lutaram no movimento sufragista. Estou sendo clara, né?

Não me interesso por política porque as mulheres no poder masculinizam sua aparência ou usam vestimentas maternais para não correr o risco de serem chamadas de superficiais. Angela Merkel, por exemplo, a poderosa chanceler alemã, quase sempre se veste de rosa — rosa! —, como uma doce vovó, minha amiga. Ela já liderou a lista dos políticos mais importantes do mundo pelo menos dez vezes. Preste atenção, observe bem e me diga: o que você vê? Ela anulou sua feminilidade da mesma forma que as mulheres que cortam o cabelo quando se casam para deixarem de ser atraentes e não desrespeitarem os maridos. Ah não, que horror.

Angela é a mãe de milhares de órfãos, a figura materna, pragmática e austera. Não, não quero isso, sou muito jovem, sexy e superficial — e aceito. E espere aí: ela não está isenta de escândalos, alguns até acham que ela é filha do Hitler; sim, sim, literalmente. No entanto, a revista *Time* a elegeu a personalidade do ano. Por quê? O que ela fez para ser escolhida a personalidade do ano? Diplomacia, rejeitar a guerra, ser uma ponte entre a Rússia e o Ocidente. É cristã, mas, quando chegou sua vez de decidir sobre o casamento entre pessoas do mesmo sexo, deixou bem clara sua posição a favor. Aplausos.

Como você pode ver, não sou apenas um rosto bonito e um corpo *fitness*, também sou uma mulher informada e preparada. Leio o jornal todos os dias porque, embora não esteja interessada no poder, quero estar sentada ao seu lado. Meu pai sempre me disse que tenho um encanto estranho. Estilo Ana Bolena, que alguns historiadores afirmam que era feia, mas atraente. Eu me olhava no espelho e não encontrava esse encanto. Em vez disso, via uma mulher bonita, nenhuma maravilha, apenas bonita. Meu pai afirmava que havia algo em mim, a serenidade no meu rosto, a equanimidade nas decisões mais complexas, minha docilidade. Acima de tudo, minha docilidade era o que me tornava muito atraente.

Minha irmã, que descanse em paz, era uma ferinha. Eu, por outro lado, sempre fui o que se espera de mim. Gentil sem ser fácil. Digna sem ser orgulhosa. Sensível sem ser pegajosa. Alegre sem ser frívola. Quando rio, não rio alto, e sempre cubro a boca. Observo com discrição. Converso, mas moderadamente. Sim, isso é um poema, moldei minha personalidade a partir de um poema!

Você acredita nisso? Embora uma dama se abstenha de dar suas opiniões políticas em público, eu as dou, claro!, sem passar dos limites. Sou progressista sem cair num esquerdismo acrítico, conservadora sem ser populista. Não sei se estou sendo clara. Liberal? Se for, dentro do armário.

Quando éramos crianças, meu pai nos comprou um par de lindos jogos de chá de porcelana. Sentei à mesa da sala de jantar com um vestido azul-celeste, rodeada dos meus ursinhos de pelúcia, para tomar chá, amiga, bem bobinha. Minha irmã os usou para construir um castelo de barro no jardim. Ela era indomável: nunca quis dançar balé; gostava de *reggaeton*, de festas, de bebedeiras e de ter namorados, um atrás do outro. Nos deu um milhão de problemas, era rebelde e escandalosa. Quase foi expulsa do colégio porque ficou seminua no Halloween. Foi internada por um distúrbio alimentar, anorexia. E, no fim, as decisões ruins e o acúmulo emocional de excessos cobraram seu preço. Deixamos a foto dela na sala sempre com flores brancas frescas e uma vela cor-de-rosa. É muito triste. Antes eu não conseguia falar sobre isso; com o passar dos anos estou superando. É supertriste.

Eu, por outro lado, desde pequena fui uma princesa. Gostava de vestidos longos e femininos. Adorava ficar na frente do espelho cantando Sarah Brightman e, quando estava mais doidinha, imitava Paulina Rubio. Também fazia poses de balé (primeira, segunda e terceira posição), alongava o pescoço como uma garça e girava a mão com movimentos graciosos.

Um dia minha mãe entrou na sala e me encontrou andando com um livro na cabeça e seguindo a risca da tábua do chão. "O que você está fazendo?", me perguntou. "Estou praticando para caminhar como uma dama, mamãe", respondi, corando feito um pimentão. Tivemos uma conversa de meninas. Expliquei a ela que queria ser uma dama, andar de salto alto sem parecer um cervo recém-nascido, usar os talheres de acordo com a etiqueta e conhecer ao pé da letra o manual de Carreño.[8] "Você está falando sério?", ela me perguntou, muito alarmada. "Sim, mamãe", afirmei. Ela olhou para baixo, suspirou e me disse: "Conheço uma escola de etiqueta, você gostaria de frequentar?". "Sim, mamãe, super!"

Passei o ensino fundamental estudando regras de etiqueta, idiomas, automaquiagem, personalidade e dança clássica. Era demais. Quando entrei no ensino médio, já era uma jovem refinada, de porte. Me vestia com roupas clássicas, elegantes e austeras de Julio e Oscar de la Renta. Usava salto sete e maquiagem *nude*. Tirava 9,5, nunca dez. Embora eu tenha a capacidade, não gosto de humilhar os homens. Sou, ou era, aquela mulher que as pessoas dizem que não existe. Loira, esbelta, sexualmente disponível sem ser uma puta. Uma dama na mesa e uma vagabunda na cama. Por baixo uso lingerie Calvin Klein. As de loja de departamento? Isso é coisa de doméstica, amiga, que nojinho.

---

[8]. Manual de etiqueta e boas maneiras escrito em 1853 pelo venezuelano Manuel Antonio Carreño.

Meu objetivo era sair de casa bem-casada com um homem poderoso. Fiz o que tinha que fazer: trabalhei, me esforcei e me sacrifiquei; chorei lágrimas de sangue para alcançar meus objetivos. E consegui.

Minha irmã perdeu o controle... Preciso botar isso pra fora, me desculpe, sério. Um dia, duas camionetes chegaram em nossa casa com o porta-malas cheios de rosas. Rosas, amiga, muitas; sério, eram milhares. Um presente. Senti uma mistura de inveja e medo. Quem manda mais de mil flores para uma menina de dezesseis anos? Então ela nos apresentou o dito cujo. Um garoto X: nem bonito nem feio, mas milionário, milionário de verdade. Me deu uma sensação ruim porque era meio vulgarzinho. Tinha a esperança de que Regina fosse para um internato em Londres e voltasse pronta para se reintegrar à sociedade, às pessoas de bem, sabe, pessoas *nice*, as pessoas de classe deste país. Mas as coisas foram de mal a pior. E no fim tudo acabou em fatalidade. Como eu te disse, ela se suicidou. Já superei isso, juro, mesmo.

A morte da minha irmã me afetou. Embora não dissesse, eu a amava, ela era meu bebê.

Tive um breve período de descontrole que durou um ano. Comecei a beber demais, a me vestir feito uma piranha vulgar. Troquei as roupas sob medida por vestidos justos e biquínis minúsculos. Minha vida se transformou em festas, bebedeiras e drogas. Tomava ácido como se não houvesse amanhã. Tive meu primeiro namorado ou primeira aventura sexual. Me apaixonei (se é que essa combinação de depressão, drogas e álcool pode ser chamada de "paixão") pelo neto de um prefeito.

Em uma dessas noitadas eu estava superchapada e ele propôs que a gente transasse. Amiga, para mim, uma menina de família que tinha passado a adolescência se esforçando para ser uma dama, sexo era um assunto tabu, um mistério. Tinha zero informação. Quer dizer, eu era virgem. Nunca tinha beijado na vida e, além disso, tinha pavor de tocar na minha vagina. O.k., já passou. Eu era muito, muito fresca nisso de sexualidade, mas queria parecer *supercool* e fingi ser uma especialista. Disse para ele me gravar com o iPhone dele enquanto me despia ao som de um *reggaeton*, bem idiota. Permiti que ele me gravasse enquanto transávamos e, como se isso não bastasse, ele me filmou usando drogas, bebendo demais e dizendo um monte de bobagem. Sim, obviamente enviou esse material para todos os amigos dele e foi um escândalo. Meu pai o denunciou por pornografia infantil — eu tinha dezessete anos — e me mandou para a Espanha para terminar o ensino médio e começar a universidade.

Lá conheci Fernando. Desde pequeno ele tinha sido educado para ser O Presidente do nosso país. O partido com mais eleitores ia metê-lo na disputa assim que ele fizesse trinta e cinco anos. Fernando estudava ciência política e ficaria na Europa para se especializar em administração pública e democracia e fazer doutorado em direitos humanos. Retornaria ao México aos trinta anos e iniciaria sua carreira política. Estava destinado, não, destinado não, haviam construído uma superestratégia para transformá-lo no Justin Trudeau mexicano.

Não quero que pensem que sou interesseira e que só o seduzi para ser a primeira-dama do México, de modo algum. Me apaixonei e estou seriamente apaixonada. Nos conhecemos quando éramos umas crianças e nos identificamos um com o outro. Sabe, famílias de linhagem, escândalo... é só ir para a Europa para o povo esquecer e voltar para triunfar. Meu plano naquela época era ficar na Espanha até terminar a graduação em comunicação e depois voltar para o México. Me apaixonei, fiquei para fazer mestrado e aí Fernando me pediu em casamento. Marcamos a data: voltaríamos juntos, eu com vinte e nove anos, ele com trinta. Ele, doutor em direitos humanos; eu, mestra em cinema. O casal perfeito de recém-casados, o casal mais jovem a morar na residência presidencial de Los Pinos.

Fiz o mestrado para matar o tempo e porque adoro ver filmes. Lá fiz amizade com uma garota chamada Julia, que amo e adoro. Ela é roteirista. Era minha confidente. Um dia fomos tomar um café enquanto Fernando estava em uma reunião e contei a ela sobre o plano de promovê-lo a Trudeau da América Latina. Ela riu. "Vocês tão de sacanagem. E você? O que você vai fazer? Quem você vai ser?", ela me perguntou. Tive uma epifania. "Nossa, preciso contratar alguém para projetar minha imagem política", respondi. Peguei meu celular e comecei a pesquisar no Google primeiras-damas e mulheres poderosas. Cristina Fernández e seus sapatos Louboutin, muitas críticas. Adeus, sapatos caros. "Que idiota", pensei. Que falta de prudência: é possível gastar vinte mil pesos em sapatos Prada que não chamem atenção; essa sola vermelha é inconfundível, que falta de tato. Cristina, não. Anahí,[9] ah, minha querida Anahí! *Next*. La Gaviota,[10] atriz de novela. Não, não queria nada daquilo pra mim.

Procurei por tudo. Pesquisei o que pude: moda, estilo. Michelle Obama alisa o cabelo para se adequar à política; ela tem

---

9. Atriz também conhecida como integrante da banda Rebelde que foi a primeira-dama do estado mexicano de Chiapas entre 2015 e 2018.
10. A cantora, modelo e atriz Angélica Rivera Hurtado foi a primeira--dama do México entre 2012 e 2018.

cabelo crespo, cacheado. Usa vestidos baratos. Gostava do *look* dela, mas no México onde é possível comprar vestidos baratos que não sejam horríveis? Em lojas de departamento? Não, que mico. A esposa do presidente francês, Brigitte Macron. Ela foi professora dele, estão juntos há cerca de vinte anos e ela é brilhante. Não, não combina comigo. Melania, ex-coelhinha, não. Eleanor Roosevelt, muito vovó, não. Evita Perón, sério, amiga? Clinton muito ambiciosa, não, *next*. Minha amiga me tirou do torpor: "Querida, querida... isso é bobagem. O que você precisa é construir um personagem. Por que as pessoas amam Tyrion Lannister ou Walter White? Lembra do roteiro, o livro do mestrado? Leia o primeiro capítulo, lá estão suas respostas", me disse. As vantagens de sua *best friend* ser uma nerd.

No livro o autor destaca que para construir um personagem cativante é preciso, em poucas palavras, ser muito popular, ou seja, fazer com que o povo comum, que o proletariado, se identifique com seu personagem. Meu primeiro problema era obviamente a cor dos meus cabelos, olhos e pele. Não se pode ser a primeira-dama mais querida do México sendo loira em um país de morenos. Fui me bronzear, comecei a usar lentes de contato marrom e pintei o cabelo de castanho-escuro. Não me reconheci.

Voltei e mantive um perfil discreto. Meu esposo teve um cargo de servidor público aqui e ali e eu me mantive longe de gastos e escândalos. Na sombra. Quando ele finalmente se apresentou como candidato presidencial, acompanhei-o em um vestido preto entramado feito por artesãs indígenas de Guerrero. Eu, ali, com minha pele bronzeada, cabelos chocolate, olhos castanhos e sorriso radiante. Um dia antes abri novas redes sociais para começar do zero. Encabecei os noticiários: "Com uma imagem mestiça, orgulhosa de suas raízes, Constanza quer ser a primeira-dama do México". Ninguém se lembrava da loira representante da elite mexicana que um dia eu fui. Não é perfeito?

No meu Instagram me dediquei a me mostrar humana, cheia de medos e imperfeita. Postei a foto de um bolo que deixei queimar; adotei um cachorro de rua; compartilhei imagens das minhas compras, todas de artesãs independentes; chorei por causa de uma discussão com meu marido e gravei um vídeo reclamando de como os homens valorizam pouco o que fazemos por eles. Nunca ostentei luxos. Em seis meses já tinha dois milhões de seguidores. Minha imagem era muito favorável.

Alberto Castellanos, um jornalista renomado, estava sempre atrás de mim. Escreveu algumas colunas falando de meus laços familiares e sobre minha irmã Regina. Para me distanciar dos meus antepassados, publiquei um vídeo pedindo desculpas pela corrupção e má gestão de toda a classe política e afirmei que não queria repetir os erros dos meus pais. E em relação a Regina, apenas chorei; chorei e contei a história dela.

Meus seguidores aumentaram. Minha popularidade estava nas alturas. *La Nueva Mestiza*, me chamavam, por usar com muito orgulho os trajes dos nossos povos originários. Amiga, sei que parece muito mesquinho, mas juro que acreditei; o personagem acabou me engolindo e no fim acabei sendo o que estava exibindo nas redes. Tudo, juro pra você, amiga, era de coração.

Uma tarde Alberto Castellanos me mandou um e-mail com um vídeo anexado; era a minha *sex tape*. Ameaçou vazar nas redes sociais antes da eleição. Fiquei apavorada. Não podia permitir que o povo se sentisse traído. Não queria que soubessem que por trás de sua Malinalli[11] moderna vivia uma loira frívola cheia da grana que representava o pior da elite mexicana.

Na manhã seguinte, ao passar pelo retrato da minha irmã (mantenho um retrato dela com flores na minha sala), tive outra epifania. Lembrei que havia guardado o laptop dela na casa dos meus pais. Eufórica, fui procurá-lo. Encontrei, conectei, liguei. E Regina, meu anjo, meu amor, havia deixado seu Instagram aberto. Com os dedos tremendo, juro, procurei a menina que tinha sido sua melhor amiga. Acho que não te falei dela, se chama Yuliana e não tenho muito o que contar, só que ela é uma pessoa com poder, poder demais. Bom, mandei uma mensagem para ela dizendo: "Yuliana, sou a irmã da Regina, estou desesperada e preciso da sua ajuda, como posso me comunicar com você com segurança?". Quinze minutos depois ela me respondeu. "Cara, me dá um endereço pra eu te enviar umas flores." Dei a ela meu endereço.

Uma cesta de flores chegou na porta da minha casa com um cartão e um iPhone 7. O cartão pedia para eu ligar para o número salvo como "Patroa" e explicava que o telefone estava criptografado de tal forma que nem mesmo a DEA poderia interceptá-lo. Liguei e disse que um jornalista estava ameaçando vazar uma *sex tape* minha e que a carreira política do meu marido estava em risco. Ofereci, em troca da resolução desse problema, marcar uma reunião com meu marido para que eles negociassem e ela pudesse trabalhar sem ser incomodada.

---

11. Mais conhecida como Malinche, foi uma indígena escravizada pelos invasores espanhóis e transformada em amante de Hernán Cortés. Atuou como intérprete entre os povos originários do México e os espanhóis.

"Já tenho um acordo com o seu marido, Concha. Vou te fazer esse favorzinho por amor à sua irmã. O que você quer: uma ameaça ou que a gente dê um sustinho nele?" Nunca quis ter o poder, apenas me sentar ao lado dele, mas quando alguém te oferece um pouco, é difícil não cair em tentação. "Quero ele morto", respondi. "Entendido, sócia", e desligou.

DEUS NÃO SE METEU

Comecei a roubar porque minha vida de merda tava indo de mal a pior, mano. Meu irmão cheirando cola na esquina ou ficando chapado. Esse moleque não vale porra nenhuma. Meu velho, sei lá, ausente; engravidou minha velha quando ela tinha treze anos e aí tiveram que ir pra casa daquela coroa, a tal da minha vó. Bruxa velha desgraçada. Meu irmão nasceu. Meu pai engravidou ela de novo assim que a quarentena pós-parto acabou e aí se escafedeu e nunca mais soubemos dele. Dizem que já tem outra família; não sei, mano. Pra mim, minha velhinha é meu pai e minha mãe. Sou filha orgulhosa de uma mãe batalhadora, foda.

Ela sempre trabalhou. Pra caramba. Se matando pra alimentar meus irmãozinhos e eu. Feito uma condenada, feito uma camela. Com o auxílio do programa de moradia do governo comprou o cantinho onde moramos. Custou quarenta mil pesos e é, como se diz?, um casebre. Sim, mano, só dois cômodos, o quintalzinho, um banheirinho, a salinha de jantar e um terreno pra montar mais um quartinho. É de alvenaria porque nunca tivemos grana pra mandar rebocar. O piso, sim, bem novinho. É tipo uma lajota.

Minha velha tentou reconstruir a vida dela. Se juntou com outros dois idiotas que fizeram filhos nela e depois se mandaram.

Esses caras têm que ser muito otários pra abusar dela, mano. Mas vai saber, talvez ela gostasse desses sanguessugas, desses sem noção. A coitada só atrai aproveitador. Eu não julgo, cada um sabe o que faz, deixa ela. No final dessas andanças nasceram meus irmãozinhos. E, pra falar a verdade, eu amo todos eles pra caramba. São três. Somos seis na família, seis numa casinha de trinta metros quadrados com dois cômodos. Meu irmão, o que vem logo depois de mim, e eu dividimos o quarto com uma cortina; do meu lado tem uma cama e um guarda-roupa pequeno, não cabe mais nada. Privacidade? Nenhuma. É uma bosta, cara. Depois não entendem por que a gente se desespera e começa a pensar em merda. A vida é uma cadela. É por isso que a gente tem que ir pra cima, mesmo que seja difícil pra caralho.

Minha velha fazia o que o podia pra gente ir à escola, pra botar comida na mesa. Numa fábrica dessas, psss, uma merda. A geladeira sempre vazia. Aqui nesse canto a gente vive um dia de cada vez, a gente vai levando com o lanche do dia e indo à luta pra garantir o de amanhã. Às vezes sobra pra uma sopa de macarrão com miúdos de frango, tomate e cebola, um quilo de tortilhas e uma coquinha dois litros, e outras vezes a gente tem que almoçar e jantar um pacote de macarrão com um cubinho de caldo em pó, mano.

Demitiram a minha velha e ficamos com vinte pesos pra comida e pra pagar a prestação da casa, a luz e a água. Não, mano, não tinha como. Imagina dois meses sem um trocado, sem salário. Tá louco. A coisa ficou feia.

Visualiza só: meu irmão? Muito ocupado no corre da maconha e dos comprimidos; tô dizendo, não vale nada. Meus irmãos menores com fome. E eu... eu com quinze anos e ninguém queria me dar um trampo. Os que me ofereciam eram pura exploração, cinquenta pesos por doze horas.

Te juro, sério, sério mesmo, eu tentei. Tentei muito ser uma mina decente. Não queria ser malandra ou ladra ou andar de sacanagem. Eu simplesmente não aguentava ver minha velha chorar e pedir fiado, não queria ver ela implorando pra bruxa da minha vó; ficava mal vendo meus irmãozinhos chorando de fome. Era uma merda. Talvez pra você minha história pareça coisa de *La Rosa de Guadalupe*,[12] porque aí na sua casa cheia de áreas verdes e ruas bem pavimentadas isso não acontece, mas acontece sim, todos os dias, mesmo que vocês, os riquinhos, não acreditem.

Desde pequena ando rodeada de pobreza e fome. Cresci na violência e querendo me juntar a uma gangue. Não porque queria aprontar, não me entenda mal, mas pra pertencer a alguma coisa; ter uma família, respaldo. Desde pequena circulo por este bairro, que é um dos mais violentos: tem briga todo fim de semana, e os caras andam com armas, bastões e até facas de cozinha pra defender o território. Aqui o pão de cada dia é o som das sirenes, mas esses judas só vêm pra recolher os mortos; aqui os porcos quase não entram. Aqui só tem maluco, doido de pedra, gente fiel à vida louca. Fugir disso não depende de ter vontade, de querer melhorar. Isso é ideia de branquelo. No bairro você faz o que dá pra sobreviver.

Daqui desse canto a gente vê que quem vai na contramão progride. Um pouquinho, mas progride. Dá pra ver que o cara do

---

12. Série de televisão mexicana em que cada episódio mostra uma história diferente, mas sempre com protagonistas que sofrem com algum conflito de teor social.

outro quarteirão que assalta banco já dirige um carrinho melhor ou que o vizinho ladrão já comprou a TV de plasma dele ou que o garoto metido a sicário já anda de tênis original. E aí você compara eles com as mulheres, as minas e as velhas, que, embora trabalhem de sol a sol na fábrica ou limpem merda de gente rica em casas luxuosas ou vendam donuts o dia todo, seguem se ferrando. Compara o que um ladrãozinho qualquer ganha com o que você ganha trampando feito um camelo e juro, falando sério, mano, dá vontade mesmo de mandar tudo à merda, de resolver as coisas com as próprias mãos, de se arriscar.

Eu pensava e pensava: "Será que me meto no lance do meu irmão ou colo no Tongolo pra assaltar bancos?". Mas eu me cagava. Apenas fantasiava, fantasiava entrar pro crime e comprar minhas coisinhas: uns tênis Vans com cadarços bem engomados, encher a geladeira de salsicha e porcaria. Sei lá, loucura total. Até que a fome torceu as nossas tripas e o desespero tomou conta de mim, me enchi de coragem e peguei a navalha do meu irmão. Afiei e saí pra rua.

Pedi proteção ao Diabo porque nisso Deus não se mete. Peguei um ônibus, desci, andei vários quarteirões, cheguei numa área de casas noturnas e procurei um frescurento cagão com cara de idiota pra sacar a grana dele, a grana que com certeza era produto da exploração do povo do meu bairro. Encontrei um cara muito imbecil que estava duro de bêbado e falei pra ele: "Continua andando, babaca. Não tenta nada engraçadinho ou te meto dois, três furos na bunda, filho da puta. Me dá o celular, a carteira, o tênis, seu bosta; as joias, porra. Anda, não banca o esperto". Deixei o cara sem nada. Cinco mil pesos em um instante, mano. Bom, então é aqui que eu vou ficar.

Passei a rapinar todo fim de semana. Quanto mais malandra eu me vestia, mais rápido e sem enrolação eles afrouxavam. Até pensei em raspar a cabeça. Fiz uma tatuagem e fiquei viciada nisso. E como eu tava bem, ganhando três, quatro mil pesos por dia, me esbaldei. Não deixei minha velha voltar a trabalhar, comecei a encher a despensa dela de comida, botei meus irmãozinhos na escola de novo e às vezes até dava uma graninha pros vícios do meu irmão mais velho.

Sempre fui bem firme com as minhas roupas, desde pequena. Aquelas frescuras de vestidos e princesas são pras filhinhas de papai. Eu sou a mina louca das calças cargo, camisa xadrez largona e meias brancas engomadas até a panturrilha. Cabelo trançado, lenço azul na cabeça, óculos pretos, calça com prega no meio. Mas pra trampar punha uma meia na cabeça e um boné pra parecer careca e deixar as pessoas mais panicadas, mano. E funcionava. Cheguei a pintar um treze enorme no rosto com um marcador, cara. E lá ia eu com minhas calças largas e meu treze malfeito. Era só eu me aproximar e o pirralho ficava branco e me soltava rapidinho a carteira: "Qualé que é, maluco, vai encarar, pau no cu?". Ó, eu era ladra, pivete de rua, mas com princípios: ia pra cima de homem e de filhinho de papai, com mina e gente pobre não me metia. Como sou devota de Santa Morte, *la niña blanca*, sei que todo o mal que você faz volta pra você. Mas roubar de rico não é maldade, é justiça, né, mano?

Aí começou a ficar fácil roubar sempre na mesma área. E aconteceu o que ia acabar acontecendo: falaram com os porcos. Um dia, cheguei pra trabalhar e encontrei os putos lá. Meu plano foi por água abaixo. Voltei pro meu canto toda abatida e sentei pra queimar um num muro que separava um terreno baldio da casa do vizinho. Nesse momento ouço um "Pss, psss, menina, menina, ajuda, menina, ajuda", olhei e era um velho com uma bicicleta e uma sacola preta. "Me ajuda com a bicicleta, menina." Então eu ajudei o cara a passar a magrela pro outro lado e depois desci pra ajudar ele. Na sacola preta tinha uma banana-da-terra, uma Coca-Cola e um maço de notas. Depois descobri que chamavam o cara de Pancho El Loco e que uma vez por mês ele fugia da família pra gastar uma nota preta com as putinhas da zona — sim, da Ciudad Peluche,[13] velho tarado — e a banana e a Coca supostamente eram pra aumentar a potência dele.

Naquele dia percebi como era fácil pular muros. E aí pensei: "E se eu começar a invadir as casas pra roubar?". Os moleques do bairro me contaram que numa única invasão conseguiam até cinquenta mil pesos. Nossa, aí a ambição tomou conta de mim. Pensei: "Mas onde?". Lembrei das costureiras da colônia, conhecidas como Las Riquillas del Barrio, três mulheres sozinhas e uma senhorinha. Ia ser moleza. Foda-se.

Meti minha calça cáqui, um moletom preto e um boné. Às vezes a gente tem que arriscar tudo pra pôr comida na mesa. "Mano, me dá umas duas, três pedras de crack e me empresta teu facão." Oportunidades que te transformam em monstro. Apertei meu escapulário de São Judas e pedi proteção ao Diabo porque nisso Deus não se mete. A vida louca tem suas consequências, "os sonhos voam, segure-os quem puder".

---

13. Também conhecida como "La Quebradita", é uma colônia irregular e precária da cidade de Morelia, no México.

LA CHINA

Existem sete pecados capitais, e o meu é a avareza. Estou nisso pelo dinheiro. Entre prata e chumbo, escolhi os dois porque sou avarenta. Entrei no Centro de Ressocialização pra mulheres por crimes contra a saúde e homicídio. Parece muito interessante, mas na verdade naquela época eu estava no degrau mais baixo na hierarquia do crime: era um falcão[14] para uma célula de um cartel muito poderoso. Gosto de enfatizar "poderoso", faz eu me sentir importante. Minha função era monitorar. Via os marinheiros passando e na mesma hora mandava mensagem em um grupo de WhatsApp para que ficassem de prontidão. Obviamente não dizia: "Cuidado com os marinheiros", não era idiota. Tínhamos nossos códigos com emojis: policial + navio = marinheiros. E se fosse um policial + um barco x 20 = quantos eram. Me pagavam pouquinho, cinco mil por mês mais celulares de última geração, e acabaram com meu ex-marido, que abusava de mim. Eu não matei ninguém, mandei matar.

Um dia, para me testar, me pediram que levasse um quilo de erva de uma colônia a outra e fui interceptada por uns

---

14. Nos cartéis mexicanos, o falcão (*halcón* em espanhol) atua na inteligência, sendo o responsável por observar e reportar movimentos suspeitos e/ou de atividades de rivais e autoridades.

policiais. Me prenderam por crimes contra a saúde, me deram cinco anos de prisão e abriram uma investigação pelo assassinato do meu ex.

Nem deu seis meses e me tiraram da oficina de costura, supostamente para uma atividade. Me puseram na frente de uma mesa no pátio, com outras companheiras, todas organizadas em fila. Eu vi ele chegando. Tinha cerca de 1,75 de altura, era robusto: um pouco gordinho, a barba bem aparada e cuidada, moreno, usava um cinto Hermès, estava todo de preto, com colete à prova de balas, óculos escuros e armado. Usava um anel com uma cruz de diamantes, botas dessas que mais tarde descobri que chamam de "táticas", o colete importado de Israel e as armas de luxo ele tinha comprado de uns árabes. Era o comandante Cruz Negra. Veio acompanhado por dois caras, tipo soldados, mas sem uniforme.

Nos examinaram uma por uma e nos dividiram em dois grupos. Algumas de nós ficaram no pátio e as outras foram devolvidas às celas. Ele nos interrogou: a primeira coisa que me perguntou foi se eu já tinha apagado alguém. Fiquei tão nervosa que respondi: "Um rato conta como alguém? Meio que gosto de matá-los, meio que por hobby. Uma vez coloquei um num saco plástico, desses pretos de lixo, e bati contra a parede até ele se despedaçar. Ouvi claramente os gritinhos, seus ossos quebrando e as tripas saindo pra fora. Também afoguei um pato no tanque da minha casa; bom, não era um pato, era um frango, confundi com um pato e o joguei na água. Quando vi que não nadava, achei engraçado e me diverti submergindo o bicho até ele morrer. Eu tinha sete anos". "Não se faça de idiota", ele respondeu. E então mudou a pergunta: "Você teria coragem de matar?". "Por uma bela grana, claro que sim, senhor." Ele sorriu para mim e disse: "Vamos", e me levou bem bela para a casa dele, junto com outras cinco meninas.

    Cruz Negra, cheio de culhões, disse ao chefe do presídio: "Vou levar essas garotas, você se acerta com o patrão". Não assinamos nada, não passamos por portas de segurança. Saímos como se fôssemos inocentes, chefas, patroas, invisíveis. Nos puseram na traseira de uma picape. Fomos com seis homens encapuzados e com coletes à prova de balas. Passamos por dois postos de controle policial e só nos deram tchau, nem fizeram menção de nos parar. Nós, bem atiradas, respondemos ao gesto: "Ei, adeus, meninos, que gatos". Foi assim que minha carreira no crime organizado começou de verdade. Com um "sim, senhor".

    Nos informaram que o salário era definido de acordo com as aptidões. Lembro que chegamos a uma casa na beira da estrada e deixaram três garotas ali. Cobriram meus olhos com um pano de caveira e me levaram para o banco da frente da camionete. Fomos ouvindo *corridos* bem alterados,[15] "pisa fundo, mano!". Embarcamos em um teco-teco, decolamos e pousamos. Tiraram a minha venda. Estávamos num quartel militar, ou era isso que parecia. Amuralhado, com torres de vigilância e tranquilamente uns duzentos homens armados e encapuzados. Andavam com rádios, celulares e umas mega armas. Me senti no filme do Rambo. A organização tem no total mais ou menos quinze mil homens no país ao seu serviço. Uma loucura. Sabe aquelas barracas de coco na estrada? A maioria

---

15. Tipo de *corrido* surgido no início dos anos 2000 que retrata ambientes e acontecimentos do narcotráfico.

delas é da nossa gente. Você chega a uma cidadezinha e propõe a qualquer garoto: "Ei, olha, te dou o melhor celular, uma barraca, monto seu negócio de coco gelado e pago cinco mil por mês pra você me informar sobre os movimentos dos inimigos e dos rivais". E pronto, dezenas às suas ordens.

Assim como em toda organização militar, ali havia comandantes, subcomandantes e soldados. Informaram que iam me treinar como soldado, um soldado a serviço do crime, obviamente. A adrenalina me arrepiou toda, não sei por quê.

Se eu pudesse descrever minha história em uma palavra, seria "descontrole". Estou descontrolada e vivi toda a minha existência descontrolada. Desde pirralha sou muito impulsiva, muito radical. Tinha dificuldade de seguir regras, respeitar figuras de autoridade; odiava receber ordens; ficava e ainda fico irritada com pessoas que dizem "sim" querendo dizer "não". Não, meu velho, pra mim "sim" é "sim" e "não" é "não". Não existe meio-termo, é tudo ou nada. É por isso que vivo ao extremo, sinto ao extremo, gasto ao extremo e ganho dinheiro ao extremo.

Tive muitos namorados, muitas aventuras amorosas, muitos amantes e muitos casos. Minha mãe sempre me dizia que eu era promíscua por natureza e que ao menos deveria aproveitar isso ao máximo. A prostituição nunca foi pra mim; eu já teria triunfado se em vez de estourar cabeças eu sentasse nelas. Já teria um bumbum incrível, uma cinturinha fina e tetas bem lindas, mas gosto do que é mais difícil, de levar as coisas um passo adiante; além disso, falando sério, cobrar por sexo não é comigo: não sei como precificar minha bunda. Minhas tarifas iam de prostituta de luxo a piranha de bar suburbano. Variavam de cinco mil a duzentos pesos. É que, como posso dizer, não sei o que é a zona cinza: ou é caro ou é barato, não aguento a modéstia. Também sou extrema quando se trata de matar, é por isso que estou onde estou.

No meio desse bando de homens, éramos apenas oito mulheres. Duas ex-policiais e outras cinco, sabe-se lá de onde vieram, eram responsáveis pela limpeza, pela alimentação, e uma era paramédica. Separaram uma cabaninha só pra gente. Era uma casinha de madeira, com cozinha equipada, banheiro e dois quartos com camas de casal. Havia televisão na sala; tudo muito *nice*. "Isso aqui é um passeio no campo", que foda, chefão. *Nah*, que nada, era puro treinamento militar. Era basicamente uma escolinha, tipo uma academia de polícia, um saco. "Ei, peraí, falaram que eu ia matar gente e ganhar muito dinheiro, e agora vão me botar pra estudar?" "Sim, senhora, aqui somos profissionais, não frouxos ou pivetes ou bandidinhos de bairro."

Foram seis meses de treinamento. Aprendemos desde a usar armas curtas, longas, M50 para abater pequenos aviões até primeiros socorros e a identificar o nível de blindagem de uma camionete. Me faziam subir a porra da montanha com pedras na mochila, um exagero, uma piada. Um açougueiro nos ensinou a esquartejar; sim, um maldito de um açougueiro matador de porcos. No primeiro dia de preparação eu o vi pela segunda vez, camuflado, com capuz de caveira, botas e o anel de cruz: "Ou se está conosco ou se está com Deus", foi a primeira coisa que ele nos disse. "Aqui vamos desrespeitar o quinto mandamento e vamos nos forrar de grana. Quero gente preparada, que esteja comigo, que seja leal aos chefes e que obedeça às ordens da organização sem objeção. Ofereço um acordo: vocês cuidam de mim, e eu cuido de vocês; me obedecem e liquidam cabeças, e eu faço vocês ficarem milionários; me traem, e eu mato vocês. Dou um minuto pra vocês pensarem... Pronto. Um passo à frente quem entra; quem não, leva seu chumbo." Fim do comunicado, ou algo assim; talvez eu tenha aumentado alguma coisa, mas, em resumo, é isso. Não, espera, faltou uma coisa, as regras: não se mata inocentes; ninguém mata sem autorização da organização; não se desobedece; não se extorque, sequestra, rouba, estupra ou comete nenhum crime sem autorização do comandante. Dei um passo à frente; não havia escolha senão entrar. Valeu a pena cada vez que manchei as mãos de sangue.

Na organização a gente sobe aos poucos. Comecei monitorando os campos de maconha. Para chegar à serra tinha que fazer uma viagem de teco-teco de vinte e cinco minutos. Minha tarefa era levar os camponeses de um lado para o outro, garantir que ninguém nos seguisse e alimentá-los. Eram de dez a doze camponeses. Duzentos quilos de maconha por campo.

Minha segunda função foi cuidar dos laboratórios de metanfetamina, que também ficavam na serra. Me davam uma roupa de proteção. Lá eu me entediava pra caramba. Os cozinheiros são reservados, mas especialistas em química; fazem a droga com comprimidos pra gripe. Dá dinheiro pra caralho. Meio quilo de cristal custa quatro mil, e eles produzem até cem quilos por semana. Metanfetamina é droga de pobre; cocaína, de rico; erva, de moleque. Cobrimos todo o mercado.

Minha penúltima tarefa na serra foi nos campos de papoulas, de onde tiram a goma de ópio pra heroína. Lá também me meti a cozinheira. Imagina: você ordenha a florzinha e sai um líquido branco que depois de um dia reservado fica preto. Me pagavam cento e setenta e cinco mil pesos por mês, e nunca precisei disparar uma arma, era só ajudante de botânica. Todo esse tempo morei no quartel, mas me transferiam para trabalhar em diferentes pontos da serra.

A primeira vez que matei, pra quê eu vou mentir, me deu trabalho. Me levaram até um traíra: um cara que era falcão na organização e depois de um tempo foi pros inimigos. Uns companheiros nossos pegaram e mandaram o cara para o quartel pra que a gente estourasse os miolos dele. O comandante se aproximou de mim, me deu uma pistola automática e ordenou: "Anda". Ele estava amarrado, parecia Jesus Cristo cheio de sangue. "E se deixarmos ele morrer de fome?" O comandante olhou pra mim e respondeu: "Ah, menina, não sei se você é sádica ou só frouxa, mas mete bala que é uma ordem". Apontei, fechei os olhos e apertei o gatilho. A bala entrou na cabeça dele, bem entre as sobrancelhas. Morreu na hora. Abri os olhos e o cheiro de pólvora e sangue me perturbou, descarreguei a arma inteira nele. Um batismo de sangue e chumbo.

A partir daí, o comandante passou a confiar em mim e me promoveu a sicária. Meu trabalho era sequestrar idiotas, defender territórios, gerenciar esconderijos, torturar, estourar cabeças e liquidar pessoas, claro.

Quantos eu matei? Não sei, muitos. Não me arrependo. Sou total estilo siciliano, sem remorso.

Minha eficiência em torturar, decapitar e assassinar me levou ao comando especial: o comando Cruzes Negras. Fazer parte dele era o degrau mais alto para um sicário. Acima disso, no braço armado, não havia ninguém, só os velhacos. Sim, os patrões. Éramos cinco elementos, incluindo o comandante. Nosso objetivo era ser eficiente na zona de guerra: assassinar e esquartejar, violência extrema. Penduramos caras em pontes, enfiamos cabeças de rivais em refrigeradores, derrubamos helicópteros da Marinha. Nosso trabalho era principalmente cuidar das merdas mais importantes, os chefes de praça de outras organizações, armar estratégias de guerra sanguinárias do mais alto nível e garantir a segurança dos patrões. Um dia o velhaco veio conferir seus comandos de segurança. "E quem é essa aqui?", perguntou ao comandante enquanto me apontava uma 40 com a imagem do Al Capone. "La China, é do comando das Cruzes Negras. Bonita, sanguinária, habilidosa com armas orientais e estratégias de guerra, sabe detonar explosivos e lançar granadas." "Parece boa pra escolter minha filhinha, vou levá-la." O comandante ficou de queixo caído, era óbvio que ele não queria que eu fosse embora; sempre suspeitei que era a fim de mim, mas atribuía isso ao desespero de não ver outras mulheres. Ele engoliu a raiva e apenas respondeu: "Às ordens, patrão. Você ouviu o patrão, criatura, vai escolher a menina". Fiquei chocada.

Durante os cinco anos em que servi como soldado na organização, só ia à cidade duas vezes por mês. Uma para ver minha família e outra para as festas que o comandante organizava. Estava nervosa de voltar a viver entre as pessoas. Meu novo lar seria a casa da patroa, a Herdeira, que é como a chamam. Embora nervosa, estava animada pra ficar mais perto da minha filha.

Te contei que tenho uma filha? O nome dela é Julieta, acabou de fazer dez anos e minha família cuida dela. Com o que ganhei trabalhando, comprei a casa deles num bairro bom e uma camionete também; deposito todo mês pra despesas e luxos. Se um dia me matarem — porque aqui, dizem, duas coisas são certas: a prisão ou a morte —, minha mãe já tem a vida garantida e minha Julieta também. Eu andava descalça, comia sobras, usava roupas de segunda mão e não quero essa vida de limitações pra minha menina. Aqui pagam bem e você se acostuma a matar. Não reclamo do meu trabalho, essa é a verdade. É um trabalho muito nobre. Se Deus existe, espero que Malverde interceda por mim. Prefiro morrer na batalha a viver de pés descalços, prefiro empunhar minha arma a continuar comprando roupa de segunda mão.

De escolta de guerra passei a ser a BFF da filha mimada de um chefão, bela porcaria. Me pagavam a mesma coisa, não era uma questão de dinheiro, era uma questão de dignidade.

Eu me sentia decadente. A menina era um doce, mas eu me entediava com ela. Minhas missões eram basicamente ser copiloto de um lado pro outro enquanto ela dirigia seu Mercedes novinho, ouvi-la cantar *corridos*, segurar seu iPhone e acompanhá-la ao salão para fazer tratamentos de pele de porcelana.

Pediram que eu passasse despercebida, ou seja, que não notassem que eu era a guarda-costas dela, porque também andava acompanhada de seguranças que iam em outra camionete. Meu papel era ser a melhor amiga dela e protegê-la discretamente. Não, e você não sabe: ela me obrigou a me desfazer das minhas botas, queria que eu usasse sapato de salto; negociamos e me deixou andar com sapatilhas e tênis de marca. Troquei meu uniforme por calças Louis Vuitton e blusas Ed Hardy; no começo eu não sabia porra nenhuma sobre roupas de marca, mas a patroa me ensinou.

Um dia Yuliana, completamente bêbada, me contou que um afilhado do comandante havia matado sua melhor amiga e que ela queria vingança, mas que seu pai não tinha dado permissão para isso. Fiquei chocada: o comandante era um senhor respeitável, um cara legal; sabia tratar bem as mulheres; era uma pessoa de palavra, como assim? Nunca conheci o afilhado dele. Às vezes árvores boas dão frutos podres, não tem o que fazer. Desgraçado mal-agradecido.

Os olhinhos de Yuliana se enchiam de lágrimas só de ouvir o nome da Regina. E, quando a nostalgia a atingia com força, ia dormir no mausoléu em forma de castelo que tinha mandado construir pra ela em Perla Tapatía.

"De onde meu pai te tirou?" "Olha, menina, eu conheço a organização de trás pra frente, quer dizer, como dizia o cantor José José, *yo he rodado de acá para allá, fui de todo y sin medida.*" "Para de sacanagem, boba, é sério", me repreendeu. Contei a ela sobre os campos de erva e de papoula, sobre os laboratórios de metanfetamina, sobre meu tempo como sicária e, no fim, sobre o comando Cruzes Negras. Peguei o anel de diamante da minha bolsa e botei na mão dela. "Seu pai trouxe a melhor pra cuidar de você, ele te ama muito." Ela olhou para o anel e me perguntou: "A sua lealdade é com o comandante ou comigo, Karla?". "Com você, patroa", respondi sem titubear. Ela sorriu. "Joga esse anel fora, te dou um relógio de diamantes no lugar." "Você que manda, patroa." E me deu um relógio rosa de diamantes da Versace. Custou duzentos e cinquenta mil pesos. Prendeu no meu pulso e disse toda alegre: "Você está linda, Karla. Vamos ao salão? Vou te pagar um tratamento de pele de porcelana, você tá muito queimada, mulher".

Na volta de uma festa, Yuliana estava dirigindo e cantando e, quando começou a tocar o *corrido* "Clave 7", me disse: "Mata o afilhado do comandante e pendura ele em pedaços numa ponte e te dou sua aposentadoria, uma casa, um carro e ainda continuo te pagando por cinco anos. Se der errado, dou a mesma coisa pra sua família, mando compor um *corrido* pra você e faço um mausoléu luxuoso e bem lindo ao lado do da Regina". Ela se benzeu ao pronunciar o nome de Regina. "Patroa", respondi, "você sabe que se me mandar acabar com aquele desgraçado, eu acabo de qualquer forma porque é uma ordem sua. Pra que me oferecer tanto?" "Porque é uma supertraição, bundona. É perigoso, é quase suicida." "Vou pensar no assunto", respondi. E sim, era verdade, tinha que pensar bem no assunto. "Ei, não estou pedindo, é uma ordem." "Seu pai me contratou pra cuidar de você, não pra matar esses tipinhos. Eu disse que vou pensar no assunto." Mais tarde perguntei no WhatsApp: "E quem vai compor meu *corrido*?", e fechamos negócio. Só precisava planejar uma boa estratégia de guerra.

Yuliana me mostrou o Instagram do pirralho imbecil, um narco júnior nojento e nefasto. Sempre cobria o rosto em todas as fotos e ainda tinha uma com Regina, bem hipócrita. Deixa eu te explicar: segundo a versão oficial, Regina se suicidou, embora Yuliana tenha ouvido pelo celular ele matando a menina, porque acontece que Regina ligou pra ela apavorada pra dizer que estava em perigo e pedindo que por favor a ajudasse. E *pum, pum*, ela ouviu os tiros, e então vieram com essa de que ela explodiu os miolos sozinha. Ninguém acreditou em Yuliana, ou melhor, não quiseram aumentar o problema pra não armar um caos na organização; a situação está complicada e precisamos de unidade, porque nossos rivais a cada dia ganham mais terreno. No fim das contas, o afilhado do comandante tinha uma foto com Regina em que ela, loira e bonita, estava com uma pistolinha com a estampa da Hello Kitty. Passeando pelo Instagram do tipinho, detectei três vícios, quer dizer, três fraquezas: mulher, drogas e álcool. "Olha, Yuliana, eu proponho o seguinte: no sábado você me arruma, saio pra noite, seduzo o cara e depois acabo com ele na cama, pode ser?" "Você acha que funciona?" "Sim, cara. Esse menino protege a identidade em público. Deve andar com no máximo cinco seguranças. Moleza, minha velha."

No sábado, Yuliana pediu pra uma esteticista de sua total confiança me arrumar: ela alisou e pintou meu cabelo de preto, fez minha sobrancelha, me maquiou e botou uma cinta modeladora e um tal de sutiã *push-up*; a patroa me emprestou um vestido preto Fendi, uns sapatos de salto Dolce & Gabbana e uma bolsa Chanel enorme. "Você tem que parecer cara, esse cachorro é um avarento e se achar que você é uma pobretona não vai se interessar", me explicou. A vantagem do meu super *look* narcogirl é que por aqui todo mundo é meio parecido. Se alguém perguntasse como era a mina com quem o cara tinha saído, com certeza iam dizer branca, de cabelos longos e lisos, com bundão e peitão. Não fazia nenhuma diferença. Poderia ser qualquer uma. Na bolsa Chanel escondi a arma de Regina, um rolo de fita adesiva, um par de algemas, uma granada de mão, minha carteira e meu celular. Yuliana e eu alugamos um quarto em um motel — com vagas de estacionamento internas — perto de uma casa noturna que aquele idiota frequentava e estacionamos uma camionete *tracker* onde guardei três sacos pretos, uma serra elétrica e uma faca de açougueiro, um bisturi e luvas de borracha. A patroa foi me esperar em casa e eu fui de táxi até a casa noturna.

Encontrei o cara rapidinho. Cheguei toda cadelinha e sussurrei no ouvido dele: "O velho me mandou de presente pra você: pagou um serviço completo. Duas horas, tudo incluso. O motel também tá pago" — e disse a senha da organização; enquanto isso, eu esfregava minhas tetas e botava a mão no pau dele feito uma vadia completa, cara. O nojento não tinha nem vinte anos e estava chapado até não poder mais. Respondeu que sim, que não podia fazer desfeita com o velho e avisou aos seguranças que íamos embora. Saímos em seu Lamborghini, só ele e eu; os seguranças nos seguiram num Ford Sport. Quando chegamos ao motel, ele desceu do carro, ordenou aos capangas que esperassem do lado de fora porque queria privacidade, e caminhamos juntos até o quarto. Assim que entramos, fui direto ao ponto, claro. Peguei a arma, bati na nuca dele, ele caiu no chão e eu o algemei. Imobilizei o cara, tapei a boca e prendi as mãos e os pés dele. Com a fita, amarrei o babaca feito um porco. Suspirei. Já estava cruzando a linha de chegada. Achei que seria mais difícil.

"Reconhece essa pistola?" perguntei, deslizando o cano pelo pescoço dele. Ele assentiu. Chegou a ficar sóbrio. "A dona me mandou te dar um recado", eu disse e botei "Clave 7" no meu celular. Acendi um cigarro e me diverti queimando os braços e o pescoço dele até chegar na parte de "*Adiós, señor comandante, aquí lo llevo en mi lista, usted me echó por delante, allá lo veo en la revista. Ya tumbaron mi panal, ahora toree las avispas*".[16] Em "*las avispas*", parei na frente dele, mirei e *pum*.

---

16. "Adeus, meu comandante, já o coloquei em minha lista, me usou como cobaia, então o encontro na revista. Já derrubaram minha colmeia, agora lide com as vespas."

Arrastei o corpo puxando pelas pernas e o meti na camionete que havíamos deixado estacionada na garagem do quarto. Arranquei. Cerca de dois ou três minutos depois, a gentalha que o acompanhava me alcançou e perguntou pelo patrão. "Já está com São Pedro, cara, mas deixou esse presentinho pra vocês", e granada na cara deles. Acelerei ao máximo pela avenida. No caos que se seguiu, consegui tempo pra ganhar terreno. Temos a cidade inteira bem mapeada e sabemos onde fazer e onde não fazer confusão, então levei ele pra uma casa abandonada que usávamos como esconderijo. Lá cortei sua cabeça, pernas e braços e meti sua humanidade em um saco preto. Gravei no peito dele dois triângulos entrelaçados, o símbolo dos inimigos. Pendurei o torso, a perna, a cabeça e o braço na primeira ponte que encontrei. Joguei o resto em uma lata de lixo.

Tirei a roupa no caminho para a casa de Yuliana. Joguei tudo num bueiro e vesti a calça e a camiseta que tinha levado para a ocasião. Abandonei a camionete e pedi um Uber.

Yuliana já estava me esperando em casa. Assim que me viu passou algo no meu cabelo que disse ser um extrator de cor para que voltasse a ser castanho-claro; tinha que deixar agindo por quarenta minutos. Tomei banho e, quando saí do chuveiro, era La China novamente. Yuliana assistia ao noticiário. Uma reportagem de última hora informava que um corpo desmembrado havia sido encontrado pendurado em uma ponte. Ela me abraçou com lágrimas nos olhos: "Ah, cara, você entregou tudo." "Mas é claro, na serra e na cidade sou La China", respondi.

ROSA DE SARON

Ouço o tique-taque, tique-taque do relógio; as batidas do meu coração, *tum, tum, tum*, e o som do vento que assobia lentamente e acaricia meu rosto. Mas, acima de tudo, estou atenta à voz do meu Senhor, o Jeová dos Exércitos. Sou apenas um coração disponível, uma serva fiel à espera dele e que, como Davi, se regozija com sua presença. Ó meu leão de Judá; ó, meu poderoso de Israel, me abençoe. Senhor, fale comigo, sua filha está ouvindo.

Começou com um pensamento ruim. Nunca os subestime. Não faça isso. A culpa foi minha, eu sei. Deixei de me alimentar com Sua palavra, enfraqueci e me lancei aos prazeres mundanos, sim, às delícias da carne. A mente é um campo de batalha, e Satanás lança seus dardos de fogo em forma de imagens que, embora não pareçam, são um ataque.

Pousei meu olhar sobre o homem, "maldito o homem que confia no homem", e fui amaldiçoada por desrespeitar a lei de Deus. Eu o conheci oficiando o culto de adoração. Meu amado é tão lindo que floresce em meu coração como a rosa de Saron que cresce em meio aos pântanos. Eu o vi, ele levantou o corpo de Cristo transmutado naquele pão ázimo e não pude mais deixar de olhar para ele. Às vezes penso que era a sua semelhança com Nosso Senhor Jesus Cristo: a barba, os cabelos cacheados e os olhos profundos. Eu pequei. Me apaixonei. Me apaixonei por um homem de Deus. Ele, com suas palavras de fé, acendeu o fogo em mim; reconstruiu meu coração de alabastro com salmos.

Minha mãe costumava me chamar de "Impura". Sim, me apelidou de Impura. Eu me desenvolvi — sabe o que quero dizer, certo? — muito, muito, muito jovem. Os homens me olhavam com malícia nas ruas, e minha mãe me culpava por "não ser suficientemente limpa". "Você é a imagem do Demônio, Impura", gritava para mim. Quando menstruei pela primeira vez, me casou; deu a minha mão a um homem quinze anos mais velho, apostólico da boca pra fora, um monstro da boca pra dentro. Nunca me tratou como o vaso mais frágil, conforme ordenou Jeová, Nosso Senhor. Descobri o que era o sexo entre a perversidade e a desobediência à lei divina.

Engravidei e pari duas vezes me sentindo uma pecadora, porque meus filhos não eram fruto do amor, eram fruto da violência e do sexo devasso. Eu os batizei com os nomes de Adão e Eva.

O Antigo Testamento diz que Deus se manifestava a seus servos através de diversos fenômenos, por exemplo, o cheiro do perfume da mirra, ou em forma de fogo, como aconteceu com Moisés e a sarça ardendo. Sempre tinham o mesmo significado: "Sua prece foi ouvida". Todas as noites, em minhas rezas, implorava a Deus que me libertasse de meu marido. "Ó, meu Pai que estais nos céus, santificado seja o Vosso nome, venha a nós o Vosso reino, seja feita a Vossa vontade. *Aba* Pai, e sei que a Vossa vontade é que Vossa criatura seja tratada como um lírio e acariciada com linho fino aqui na terra. *Adonai*, se possível, afaste de mim este cálice, mas que não seja feita a minha vontade, e sim a Vossa." Minhas orações pediam apenas uma coisa: que ele me concedesse a graça de enviuvar.

Deus nunca apareceu, mas ouviu minhas súplicas: apenas cinco anos depois da profanação do sagrado sacramento do matrimônio, ou seja, do dia em que me casei, aquele homem a quem fui obrigada a chamar de "meu marido" chegou mergulhado em álcool e adormeceu no quarto. Enquanto o observava roncar como uma besta, orei a Deus com mais intensidade. Minha voz foi ouvida. Um vômito com cheiro de álcool saiu da boca dele. Caí no chão e com lágrimas nos olhos gritei pedindo que ele se engasgasse. "Meu Deus, que os muros de Jericó caiam diante de meus olhos, quebrem as correntes e levem este homem às portas do Inferno. Dai-me a vitória sobre o meu inimigo, derrubai os muros de minha prisão e as fortalezas que entristecem meu coração." Como Davi na presença de Jeová, andei de um lado para o outro enquanto observava com alegria o rosto de Efraim mudando de vermelho para roxo, e, ao som de trombetas, confirmei sua morte. Meu espírito glorificou e engrandeceu o filho da semente de Abraão, aquele que pisou na cabeça da serpente. Chamei a ambulância e, depois da autópsia legal, o cremei. E o cremei para que, no Juízo Final, ele não tenha corpo para ressuscitar dos mortos.

Minha felicidade com meus filhos durou pouquíssimo porque conheci *ele*, meu pecado. Me apaixonei em silêncio. Ia ao culto de oração todos os dias só para vê-lo; embora não tenha ousado confessar a ele meus sentimentos, meu espírito foi corrompido naquele dia quando, enquanto tomava banho, me masturbei pensando nele.

O Demônio, o enganador, o anjo caído, acorrentou minha alma e meus pensamentos. Comecei a ouvir uma voz dentro da minha cabeça que não se calava. No início pedia que eu me tocasse com cada vez mais luxúria, pensando no pastor Raúl. Então a voz demoníaca me ordenou que roubasse pedaços de pão e moedas da esmola. Obedeci, mas Satanás exigia cada vez mais de mim. Então parei de alimentar nossos pássaros, e nossos pássaros morreram; maltratei nossos gatos, e nossos gatos foram embora; açoitava o cachorro com a vassoura, e desde então ele corria para se esconder sempre que me via. Mesmo que eu quisesse parar, não conseguia. Me transformei numa vagabunda, numa mulher demoníaca, na grande puta do Apocalipse encarnada.

Jejuei; rezei; implorei a Deus que ungisse minhas mãos para a batalha, que me desse um reforço de fé. "Jeová dos Exércitos, faça de mim uma guerreira, não me abandone." Deus não respondeu ao meu chamado. Parei de ir à igreja, de tomar banho, de sair. *"Eli, Eli, lamá sabactâni."*

Certa noite ouvi uma voz dentro da minha cabeça que era diferente da demoníaca, era doce, muito parecida com a da minha Eva. Me disse: "Você se lembra da história de Abraão e Isaque?". "Lembro, lembro." "Deus está zangado com você e exige um sacrifício de sangue. Ele te tirou do Egito, te libertou do braço do faraó, e como você retribuiu? Permitindo que a luxúria tomasse conta de você! O preço do seu pecado é a morte", afirmou e se apoderou de mim. Fui até a cozinha, peguei uma faca, subi as escadas, pus um travesseiro na cabeça de Adão e o ofereci a Jeová. Dei uma, duas, três, quatro, cinco, seis, dez, vinte facadas; não tinha cheiro de sangue, tinha cheiro de perfume.

REGINA

Minha foto com mais likes no Instagram é aquela em que estou vestida de anjo da Victoria's Secret. Na foto meu cabelo está com luzes californianas, estou levemente bronzeada porque tinha acabado de chegar de um fim de semana na praia e muito magra. Fui a sensação. No Sagrado as meninas morreram de inveja porque eu estava linda e disfarçaram o ciúme com "que vadia", "que bagaceira", "que vulgar". Naquela época eu era mais ou menos popular nas redes. Não era a rainha do Instagram, mas também não era uma rejeitada. Tinha tipo cinco mil seguidores. Obviamente não era suficiente.

Minha história começa comigo dançando "I'm an Albatraoz", do AronChupa. Estou usando um short florido, uma regata branca e sandálias. Nunca usava salto. Dançava girando e girando e girando no meio de uma multidão de adolescentes eufóricos.

Aquela noite, a última noite da minha antiga eu, foi a despedida do ensino fundamental. Ia começar uma nova etapa, e era preciso encerrar os ciclos com chave de ouro. Com uma puta festa! Saindo do festival Butterfly fomos para um *after* na casa de Alonso. Ele morava numa enorme mansão em Lomas de Montecarlo e tinha contratado um DJ que mixava *reggaeton* como um negro porto-riquenho. Naquela época, Alonso era meu peguete. Peguete é uma espécie de pretendente, mas com beijos. Chegamos em sua BMW conversível. A festa era no jardim. Tinha piscina, uma fonte de morangos com chocolate, salgadinhos e muitos martinis.

Meu peguete era filho de um amigo do meu pai: um menino alto, loiro e de corpo atlético, membro do time de futebol da escola e excelente aluno em todas as disciplinas. Alonso é um supermenino, um cara muito bacana.

Passamos a noite dançando *reggaeton*. "*Hola, qué tal. Soy el chico de las poesias*",[17] Alonso cantava para mim, e eu respondia com um belo *twerk*. Minha cabeça girava. Não sei dizer se era por causa de tanto rebolado ou porque estava muito bêbada. Quanto mais as horas passavam, mais decadente a festa ficava.

A festa acabou, voltei para casa, postei as fotos no Instagram e fui dormir um pouco. Quando acordei, fiquei bastante decepcionada com os poucos likes que tinha recebido. Não foi nada do que eu esperava. Triste, comecei a olhar fotos e mais fotos e encontrei as de Yuliana, minha ex-colega.

Yuliana era uma garota especial, tinha cabelos longos e pretos e a pele muito clara (enfatizo isso porque nossas colegas eram loiras, mas bronzeadas, e a palidez de Yuliana contrastava bastante; para falar a verdade, ela era "sem cor" demais pro meu gosto). Tinha lábios muito grossos e sobrancelhas perfeitamente delineadas. Não falava com ninguém. Todas as manhãs uns homens de aparência nortenha a traziam numa camionete. Sempre se especulou sobre o trabalho do pai dela, que, segundo Yuliana, era um pecuarista e agricultor de sucesso.

---

17. Trecho da música "Noche de sexo", de El Original.

Em uma das fotos do Instagram, Yuliana estava vestida com uma blusa Chanel e um salto bem alto, daqueles com sola vermelha que parecem supervulgares, mas são muito caros e feitos em Paris; sério, muito caros. Ela cobria o rosto com o cabelo e segurava uma arma folheada a ouro. Estava "atirando" no cantor El Komander. Parecia uma festa privada. Essa foto tinha cinquenta mil likes. Sim, cinquenta mil. Comecei a *stalkear* Yuliana e percebi que ela era "superpopular": oitocentos mil seguidores e postagens que não baixavam de quarenta mil corações. Tinha fotos mostrando todos os tipos de luxos, garrafas de vinhos caros, cavalos, carros luxuosos e roupas de marcas absurdamente caras. Fiquei chocada.

Yuliana montando um cavalo frísio. Yuliana abraçando um leão. Yuliana sentada no meio de vinte sacolas de marcas de luxo: Chanel, Versace, Hermès. Yuliana em frente ao espelho de biquíni, torcendo a cintura para destacar as nádegas e o quadril. Yuliana com um buquê de flores enorme. Yuliana dançando em um iate. Yuliana em Dubai fumando com um árabe. Yuliana nadando com porcos nas Bahamas.

Embora tenha hesitado muito em escrever pra ela, acabei me atrevendo. Mandei uma mensagem no Instagram dizendo que tinha gostado das fotos dela. Yuliana disse para falarmos pelo WhatsApp e me deu o número dela. Conversamos o dia todo. Me contou que ia entrar em um dos colégios mais caros e luxuosos da cidade, o Americano. Eu disse que estava mesmo procurando um colégio novo e ela respondeu que adoraria que fôssemos colegas. Trocamos muitas mensagens. Ela me contou sobre suas fazendas, os aviões do pai e as festas privadas com música ao vivo que frequentava. Não sei por que a vida dela me fisgou; achei aquilo fascinante, muito mais interessante do que dançar *reggaeton* e beber cerveja até vomitar. Fiquei encantada e quis ser como Yuliana. Convenci meu pai a me inscrever no Americano. Lá eles não exigem uniforme, então combinei de ir às compras com Yuliana. Ela me convidou para ir a Los Angeles e fomos no avião do pai dela, que era pequeno e luxuoso.

Em LA Yuliana pagou tudo: o hotel, as compras, a comida, os táxis. Não me deixou gastar um único peso. Me explicou que o pai tinha se saído bem nos negócios e que em sua casa lhe ensinaram que se alguém se dá bem, todos devem se dar bem. Mas, claro, ela escolheu cada peça de roupa. "Menina, você precisa mudar esse *look*. Você é muito fresca e, se vamos ser amigas, tem que ser mais parecida comigo", me condicionou. Aceitei feliz, feliz da vida.

Voltamos de Los Angeles à noite e ela sugeriu que eu ficasse em seu rancho para descansarmos e pegarmos a lista de materiais e nosso horário no dia seguinte. Claro que topei. O rancho do sr. Papai era enorme. Quando perguntei a Yuliana quão grande era, me senti como Simba: "Tudo isso que o sol toca...". Ela tinha só para ela uma residência do tamanho da minha casa — e minha casa não era nada pequena. Havia seis piscinas, um gazebo, um palco para as bandas tocarem nas festas, um bar com telão de cem polegadas para assistir a jogos de futebol, uma pista de pouso, estábulos. Era um sonho. Havia também dezenas de homens armados, mas decidi não dar importância a isso.

Quando me dei conta de que o pai dela era narco? Não sei e não me importa. Alguém que diz à filha "Meu amor, se a gente se dá bem, todos devem se dar bem" não pode ser má pessoa, não importa o que faça.

Conheci o namorado dela. Ele dirigia um Maseratti. Se vestia com muito luxo, sempre combinava a marca dos sapatos com a fivela do cinto; tinha uma barba perfeitamente delineada; era fofinho, tipo aquele cantor Gerardo Ortiz, e era um doce de pessoa. Eu queria um desses, que matasse um porco na fazenda e me oferecesse como símbolo de amor, que organizasse festas para mim e mandasse compor músicas em minha homenagem. Um namorado que me comprasse quinhentas rosas só para me lembrar que me amava.

Passei o verão com Yuliana. Já falei que meu pai é deputado? O deputado não se opôs. Obviamente sabia que o pai da minha amiga era gente da pesada, então aceitou. "Se vê que são pessoas muito finas, até que você faz bons amigos." Alonso? Mandei pastar. Não atendia mais às minhas expectativas. Eu queria um namorado estilo narco, com roupas de grife que não fosse Zara e que em vez de ter gatos Sphynx tivesse leões de estimação. "Amiga, que que eu faço pra conseguir um namorado como o seu?", perguntei a Yuliana no WhatsApp, porque não tive coragem pessoalmente. "Tá falando sério, menina? Você quer um namorado mafioso? Pois olha, eles procuram três tipos de mulheres. As que querem como esposas, e que são sempre filhas dos sócios deles ou de políticos. As que servem de amantes, gatinhas bonitas de poucos recursos que eles tratam como querem, dando um apartamento para que virem suas bonequinhas — eles dão tudo com a condição de que elas sejam só deles e de que isso não lhes cause problemas com suas esposas. E as mulas, meninas de bairros muito, muito pobres, que eles seduzem para que façam o trabalho sujo; você sabe, passar drogas ou agir como espiã para obter informações de outros caras ou até mesmo para esquartejá-los. Essas últimas sempre acabam mortas, cara", me explicou. "E eu sirvo pra quê?", perguntei. "Você vai ser uma bela esposa de patrão, é linda pra caramba e tem berço de ouro. Qualquer coroa vai querer ter como esposa a filha de um deputado", respondeu. "Eu não quero me casar, quero um namorado. Que que eu faço pra conseguir um namorado estilo narco desses?" "Seja uma narcogirl como eu. Dá trabalho, cara." "Então me ajuda a ser uma narcogirl, por favor". "Bom, vem pra fazenda que eu te dou umas aulas."

Ela levou muito a sério a história de me transformar numa narcogirl. Pediu que eu apagasse todos os vestígios da minha antiga vida nas redes sociais. Tirei minhas fotos do Instagram e só deixei aquelas em que estou fantasiada de anjo. Mandou que eu deixasse meu perfil fechado para parecer interessante. Começamos a ver fotos de outras narcogirls na página Gente Fina. Yuliana me contava os detalhes e o histórico de cada uma. Essa é esposa do fulano, essa foi amante do beltrano, essa é filha do ciclano, essa aqui é filha de deputado, como você. Pareciam clones umas das outras: brancas com cintura fininha, quadris, nádegas e seios exagerados; cabelos pretos longos e modelados; lábios *matte*.

Três já estavam mortas. Uma morreu de causas naturais, quer dizer, de doença; as outras duas tinham sido assassinadas. Os federais atiraram em Claudia à queima-roupa em uma operação, embora ela tenha saído do carro com as mãos para cima. Berenice foi morta por um grupo rival: levaram a menina numa van em frente ao cinema e seu corpo torturado apareceu num depósito de lixo. Dizem que gravaram o assassinato e a tortura e enviaram o vídeo ao namorado dela, que está preso.

Em dois meses eu já era uma verdadeira narcogirl: tinha visto novelas colombianas como *As bonecas da máfia* e *Sem tetas não há paraíso*. Em dois meses já sabia dançar *bachata*, *cumbias*, *banda* e *norteño* de forma espetacular. Abandonei as sapatilhas e até aprendi a andar de salto; isso sim foi difícil. Só faltava a transformação final. O *look*.

A mudança de *look* foi mais complicada por causa da minha estrutura: magra, muito magra, ou seja, nada parecida com as garotas de corpos esculturais. Acontece que no meu antigo círculo isso era coisa de pobretona, de gente vulgar, e ser magro era sinal de status. A ideia de ter bunda grande e tetas gigantes me dava... disforia? Também não gostava da ideia de pintar o cabelo de preto, porque, como boa filha da minha família, tinha orgulho de ser loira natural. Mas fui ao salão, pedi um tratamento para remover os danos do sol e pintei meu cabelo de loiro platinado. "Você parece uma Barbie", Yuliana me disse quando me pegou na saída do salão.

Já estava tudo pronto, só faltava minha apresentação para a sociedade. Para isso, tiramos uma foto juntas em frente ao espelho fazendo *duckface* e empinando a bunda. Tiramos com o iPhone de Yuliana, que postou no Instagram e me marcou. Ganhei seguidores na hora.

Fiz minha estreia em uma festa na casa do namorado de Yuliana. Foi em uma fazenda na serra. Usaram as caçambas das camionetes como refrigeradores e havia uma tonelada de cerveja coberta de gelo. Várias bandas famosas e um grupo nortenho se apresentaram. Eu estava assistindo Yuliana na função de treinar os cavalos quando uma caravana chegou. Só camionetes, daquelas grandes, luxuosas e blindadas — viu como eu entendo do assunto? De repente, desceu Jesús; ele era loiro, jovem e usava roupa de estilo italiano. Nos entreolhamos, flertando. Ele se aproximou de mim e disse: "Oi, linda. Você merece pelo menos uns três *corridos*. Sabe dançar?". "Claro que sei!", respondi. Quando nos despedimos ele me perguntou se eu tinha rádio e respondi que não. Então pediu meu número.

Naquela noite tirei uma foto no cavalo preto azeviche e peludo do namorado de Yuliana, porque, claro, ela também me ensinou a montar. Sim, tudo em dois meses; eu aprendo super rápido. Postei no Instagram. Dez mil likes.

Na manhã seguinte recebi uma mensagem de voz de Jesús. Era uma música chamada "Piénsalo". Quando ouvi o trecho "*Te lleno de rosas mis dos camionetas*", escrevi para ele: "Ei, então vamos ver, quero que você encha suas duas camionetes com rosas". "Me dá seu endereço, minha vida." Duas camionetes chegaram na porta da minha casa com os porta-malas cheios de rosas. Sim, cheinhos, cheinhos. Eram, não sei, duas mil rosas. Não, três mil. Era rosa pra caramba. Também me deu um rádio, para que pudéssemos manter contato.

Não quero te entediar: começamos a namorar. Yuliana nunca gostou da ideia, argumentou que ele era afilhado do Comandante, que tinha fama de violento, que usava outros códigos, que não era de confiança.

Chamavam Jesús de Comandante Júnior. O padrinho dele era o responsável pela segurança da empresa, especialista em armas, blindagens e estratégias de guerra. Era uma máquina de matar, um homem que desmembrava corpos com uma faca de cozinha enquanto comia pipoca. O Comandante tinha uma cacetada de homens a seu serviço, metade deles com treinamento militar. Jesús era júnior; não sabia nada da vida e tudo o que fazia era gastar o dinheiro que o padrinho lhe dava e abusar de seu poder. Eu não sabia disso.

Começamos a namorar. Nosso relacionamento no início consistia basicamente em fazer coisas intrépidas e exibi-las nas redes sociais: saltar de paraquedas, mergulhar, tirar fotos minhas montada em seus leões, virar garrafas de Moët no meu corpo e gravar vídeos para o Instagram. Como presente de dezessete anos, ou seja, quando namorávamos havia seis meses, ele me pagou uma lipo no abdômen e um aumento de peitos e bunda. Não havia capricho meu que ele não satisfizesse. Eu quero um filhote de tigre, aí está o seu filhote. Eu quero uma bolsa Dior, lá vai a sua bolsa. Eu quero um *mini pig*, pegue o seu *mini pig*. Ele me dava tudo. E eu me gabava disso no Instagram. Cheguei a ter oitocentos mil seguidores e minhas fotos com o Comandante Júnior bombaram na internet. Aquilo sim era felicidade.

A primeira vez que ele me bateu foi na saída de uma casa noturna. Estava com muita raiva e eu nem soube por quê. Me deu um tapa forte e não me acompanhou de volta para casa. Deixou minha bochecha roxa. Na manhã seguinte eu já tinha um buquê de flores com um iPhone na mesa da sala. "O que aconteceu?", perguntou o deputado. "Ele me deu um tapa e mandou isso pra se desculpar", respondi. Então o motorista do meu pai disse: "Você deveria devolver isso, senhorita, agora mesmo; se ele achar que pode, vai acabar te matando; e de que serve chegar ao próprio túmulo num carrão de luxo. Meu pai mandou ele calar a boca aos gritos, dizendo que era por isso que ele nunca ia deixar de ser um fodido.

A segunda vez que ele me bateu foram dois socos e um puxão de cabelo; então me mandou a loja da Versace inteira, literalmente. Sapatos, bolsas, vestidos, coisa pra caramba. A terceira, a quarta, a quinta. Foi ficando cada vez pior, e eu estava desamparada, presa. Um dia tomei coragem e gritei que estava cansada das surras e dos presentes que vinham depois. "Vou contar pro meu pai", ameacei. Em tom cínico, ele respondeu: "Não me venha com besteira, sua idiota. Ele sabe que minha gente pendura rivais em pontes, dissolve babacas em ácido, e o que ele faz? Nada. Você acha que ele vai me prender por meter a mão em uma puta como você? Você tá louca, garota". Não sei por que não o deixei e por que nunca contei a Yuliana.

Na noite da minha morte teríamos um encontro romântico; o plano era passar o fim de semana na cobertura dele. Mas no primeiro dia algo aconteceu. Jesús tinha muito ciúme, a tal ponto que, se eu respondesse a mensagem de um homem no Instagram, ele me batia. Pior que isso: bastava eu olhar para um dos seguranças que ele me xingava. Naquele dia ele foi comprar umas garrafas de vinho e me deixou sozinha com Pelón, seu homem de confiança. Quando voltou, eu estava na piscina e Pelón estava me alcançando uma cerveja. Jesús sacou a arma e atirou no rosto dele. Pelón caiu na água. Jesús entrou na piscina, me agarrou pelos cabelos e me afundou; estava tentando me afogar. A água com gosto de sangue foi enchendo meus pulmões. O irmão dele o tirou de cima de mim. Do jeito que consegui, saí e corri para o quarto. Me tranquei e liguei para Yuliana, chorando. Ela, muito chateada, me pediu para ficar na linha enquanto fazia umas ligações. "Estou dizendo que ele queria matar ela. Ele não está respeitando os códigos, papai, temos que dar uma lição nele. Pra que ser sua herdeira se não posso tomar uma decisão como essa? Não quero mais nada disso, vai pro inferno, pai... Amiga, me espera aí, estamos indo atrás de você agora mesmo", foi a última coisa que ouvi. Então tudo se encheu de fumaça, chumbo e sangue.

"MARIPOSA DE BARRIO"

Yandel terminou comigo por WhatsApp e a primeira coisa que fiz foi apertar meu pingente de coração partido. É a metade de um coração gravado com "Yandel"; ele tem a outra metade, que diz "Stefi". Nos cinco anos em que namoramos, era a décima vez que ele acabava comigo. Me largava sempre que conhecia outra. Deixei a mensagem como visualizada porque não conseguia escrever e segurar no corrimão do ônibus ao mesmo tempo. Ia pela rota 9 e eram nove da noite. Eu tinha acabado de subir no ônibus lotado de meninas como eu, que trabalham nas sapatarias do mercado.

    Entrei no Facebook e ele já havia mudado o perfil. Antes se chamava "Yandel Marido da Stefi" e agora era "Yandel da Befe". Befe é o bairro onde ele mora. Ele nunca tinha feito isso, sempre que terminávamos continuava sendo "Marido da Stefi", e as outras, suas amantes. Vadias malditas. Desculpa, menina, mas odeio essas que se metem com pessoas casadas ou juntadas; com tantos caras sem namorada por aí, pegam os que têm dona e ainda se fazem de coitadinhas. A Angie, por exemplo, me mandava indiretas pelo Facebook. Eu ignorava porque estava barriguda e tinha medo de entrar em trabalho de parto. Mas assim que deu fiz ela me pagar. Nos encontramos na fila das tortilhas, armei a confusão e puxei ela pelos cabelos; dei uma surra bem dada. "Não se meta comigo", gritei para ela. A Bertha postou uma foto com ele e a frase "Você lava a roupa dele, mas quem tira sou eu"; não consegui me segurar e comentei: "Um cachorro é sempre um cachorro, come onde derem comida". Naquela época eu estava grávida de três meses e fiquei arrasada pra caramba, era muita humilhação. Postei que ia fazer um aborto e Yandel respondeu que se eu não quisesse a criança podia dar para ele; minha sogra deu um like no comentário dele, aquela velha intrometida, e minha mãe veio com a história de que "Você não precisa de homem, o bebê vai ter várias mães, não me vem com besteira". "Você não se meta, minha velha, esse rolo é comigo e com ele." "Esse rolo é meu porque você tem treze anos e porque mora na minha casa, sua pirralha idiota."

Quando eu estava na quarentena pós-parto, Yandel vinha todos os dias me trazer leite e fraldas; como sou menor de idade, minha mãe não me deixou ir morar com ele. Mas, durante o tempo em que ele andou com Perla, ficou uma semana sem aparecer, e a babaca me mandou um WhatsApp com uma foto deles: os dois deitados sem roupa numa cama imunda, tinham acabado de transar. Dizia na legenda: "Deixa que eu tomo conta, sócia". Eu tinha acabado de dar à luz e não tinha vontade de brigar. Só mandei pra ela a música "Su mujer", dos Chicos de Barrio, e a bloqueei. Não acabei com a raça dela porque um dia ela me viu com meu filhinho no ônibus e me pediu perdão, começamos a chorar juntas, nos abraçamos, depois fomos a um baile dos Chicos de Barrio e cantamos a música que mandei pra ela, rimos pra caramba.

Iskender fez um ano e Yandel se mandou para a gringa com o pai; durou um ano e meio lá. Um ano e meio em que nunca se apresentou com dinheiro ou com uma mísera ligação; a verdade é que eu achei que ele estava morto. Até que num baile de *reggaeton* conheci Kevin e entre "*baila morena*" e "*noche de sexo, voy a devorarte, nena linda*" fiquei prenha de novo. Mas olha, dessa vez foi diferente. Com Iskender, desde que ouvi seu coraçãozinho, só senti coisas boas, e com essa menina não. Eu queria tirar, mas Kevin pediu que eu parisse, que ele ficaria com ela. No mesmo dia em que pari, ele levou a menina embora e nunca mais ouvi falar dela. Um dia, de repente, vi ela de longe no colo da avó no mercado; me fiz de louca porque não sinto nenhum carinho. É como se fosse uma menina estranha, nem parece que veio de mim. Essa história de instinto materno é pura invenção.

Bom, acontece que eu estava conversando com meu pai, que mora em outra casa com a outra família dele, e de repente recebi uma mensagem de Yandel, era uma música de Pequeños Musical, aquela "Mujer infiel". "Caralho, para de sacanagem, Yandel. Pensei que você tivesse morrido, mas pelo jeito quem é morto sempre aparece!" Aí ele ficou bravo e veio com a história de que ia voltar, e voltou mesmo! Alguém foi fofocar para ele que eu tinha andado prenha. Inventei que a menina tinha nascido morta para que ele não me achasse uma mãe ruim e o levei a uma cova falsa igual ao cara da música dos Tigres del Norte.

Posso contar todas as vezes que ele me chifrou e que chegou mamado quando eu estava grávida; ou as vezes em que tive que cair na porrada com outras meninas para me defender, porque me humilhavam mandando fotos deles aos beijos e vídeos de Yandel dançando *cumbias* bem feliz enquanto eu trampava doze horas por dia para comprar leite e fraldas pro meu pequeno, mas é assim mesmo... de cerveja morna ninguém gosta. Olha, ele não me aprontou poucas, ele me aprontou todas!, e eu aguentava porque queria que Iskender crescesse com o pai por perto, porque queria para ele a família que eu nunca tive. No fim, as outras eram sempre deslizes e a oficial seguia sendo eu. Até hoje.

Desocuparam um assento no ônibus e eu sentei na mesma hora. "Yandel, se vc não queria nada sério comigo, q me avisasse desde o início. N vai achar que tá amarrado por causa do Iskender. Nunca faltou nada, tô na sapataria p isso. N é justo vc me tratar feito uma idiota andando p cima e p baixo com Juana e María. Se quiser a gente acaba agora, já era" e mandei para ele a música "Tengo que colgar", da Arrolladora, que estava tocando na rádio. Ele visualizou, mas não respondeu, embora estivesse on-line.

Maldito Yandel. Fiquei atordoada e comecei a chorar. O locutor disse que ia sortear uns ingressos para o show de uma mina trans que imita a Jenni Rivera. Era muito fácil: as cinco primeiras garotas que mandassem uma mensagem com sua música favorita da Jenni e o motivo pelo qual mereciam ir, ganhavam. Aí eu mandei logo: "'Basta ya' e quero ir porque o pai do meu filho acabou de me abandonar". Yandel ainda estava on-line e continuava sem me responder.

Mudou sua foto de perfil. Ele com uma mina que eu não conseguia engolir, sério. Chorei mais. "Vc tá indo longe demais, seu bosta. Passei doze horas carregando caixas pra comprar sapatos pro menino e vc se fazendo de pegador, safado desgraçado. T odeio, seu bosta. Vai pro inferno." Visualizado. "Espero que vc seja feliz mesmo q n seja comigo, vc é o pai do meu filho e n posso t desejar mal." Visualizado. "Cansei de ser sempre sua segunda opção, a culpa é minha por t aturar até n poder mais, que idiota." Visualizado. Mudou o status para "muito apaixonado" e postou a foto da mulher. "Yandel, n fode, desgraçado, fui t ver quando t meteram em cana por acabar com o Chato, n mereço isso." Visualizado. "N vou + t incomodar Yandel, nem eu nem Iskender precisamos de vc." E mandei para ele "Tu postura", da Banda MS.

Lembrei dos momentos bons; com tantos momentos ruins, só conseguia lembrar dos bons: foi um pai responsável por seis meses para que eu terminasse o colégio e me levava leite e fraldas, íamos ao baile da Raza e dançávamos *cumbia* até a madrugada com as músicas de Los Vatos de la Calle. Também pensei nos meus erros, em como fiquei com raiva dele e postei fotos em poses sensuais com frases como "muita areia pro seu caminhãozinho", "meu filho não precisa do pai porque tem várias mães"; lembrei que dava corda para outros caras só para provocar, que mandava indiretas, que tomava um trago com minha velha e mandava áudios reclamando que ele não valia nada como pai ou como namorado. Acho que eu queria encontrar um pretexto para me culpar por ele ter sido um babaca e para perdoá-lo caso ele voltasse. Eu estava tomada de lágrimas, ranho e baba quando o locutor anunciou as ganhadoras e disse meu nome. Sério, fiquei muito emocionada.

Desci do ônibus às 22h05, corri para casa e subi rapidamente os cinco andares do prédio. Entrei e minha mãe me disse para ficar quieta porque Iskender estava dormindo, mas o amorzinho da minha vida sempre acorda para me ver. Minha mãe é quem está criando o menino, e é por isso que às vezes me sinto uma péssima mãe. Desde os catorze anos trabalho na sapataria, entro às dez da manhã e saio lá pelas oito e meia; quase não fico com ele. Espero que ele cresça e entenda que fiz isso para comprar seus tênis Jordan e Nike, para que ele sempre estivesse bem bonito e com a geladeira cheia de Danoninho; todos os filhos acabam sempre sendo uns mal-agradecidos, né. Peguei Iskender no colo e o botei na cama; dei beijos na testa dele e o cobri. "Dorme, amanhã vamos ao cinema." "Sim, mamãe." E fechei a porta do nosso quarto.

"Mãe, ganhei um ingresso pra ver a Jenni ao vivo, ganhei um par de ingressos. Vamos, me deixa ir, Yandel acabou de terminar comigo." "E daí? Vai ter que se virar sozinha, menina. Não seja recalcada, você já tinha que ter mandado ele pro inferno, aquele pirralho é um traste completo." "Eu juro que acabou." "Tá bem. Só não vai se perder por aí, eu te conheço." "Sim, mãe, amanhã vou ao cinema com o menino." "E quem você vai levar?" "A Carmen, mãe. Aquela que era minha colega na sapataria." "A loirinha que apareceu no noticiário porque foi parar no hospital por causa de uma surra do marido?" "Sim, essa mesmo. Ela denunciou o cara e ele vai passar cinco anos na prisão." "Olha só... aprende com ela, isso sim é ser fodona. Vai se arrumar logo, guerreira." "É isso, vou te dar cem a mais essa semana."

Encontrei Carmen fora do Palenque. Nos abraçamos e entramos no show. Eu gritei, apertando meu coração com uma mão e a mão de Carmen com a outra. Jenni cantou "Basta ya" e eu fiquei sem voz de tanto gritar. Jenni também enxugou as lágrimas; vai saber que dor ela estava sentindo. Nos incentivou a sempre nos levantarmos e seguirmos em frente e encerrou com "Mariposa de barrio". Saímos do Palenque, acompanhei Carmen até um cliente que estava esperando por ela na esquina e peguei um táxi. Chorei muito no caminho de volta. Estava atordoada, mas tentando ficar forte pelo meu pequeno. Então o taxista, meio intrometido, mas querido, me disse: "Menina, você tá vindo do show da Jenni e já está sofrendo por um desgraçado. Jenni do Céu não gostaria de te ver desse jeito". "Você tá certo, minha Jenni não gostaria de me ver assim." Arranquei meu coração partido, o atirei pela janela e peguei meu batom Jornada para pintar os lábios de vermelho, e *"aunque venía llorando, mis alas levanté"*.

O SORRISO

Vim pro norte montada na Besta.[18] Na minha cidade não tinha mais nada pra mim. Nada. Vim em busca de futuro: me disseram que na fronteira havia trabalho nas *maquilas*[19] e, com as coisas nos trinques, poderia me mandar pro outro lado. *American dream, you know*. Subi na Besta porque é de grátis: arranca e corre, corre, pula e *opa!*, pra cima. Claro, se você tiver sorte e prender bem o pé em um dos ferros, porque senão a Besta te morde com aquelas patas de metal e é capaz de te matar ou, no mínimo, te deixar manca pra sempre. Mas, porra, a vida é um risco que eu aceitei correr.

Eu não tinha nem um puto: na minha cidade vivia na miséria, na merda, fodida: dormia em uma rede, usava umas chinelas de plástico velhas e comia sobras de peixe. Lá não tem futuro, não. Não tem nem onde procurar, é sério. Meus dias

---

18. La Bestia, também conhecido como "O Trem da Morte", é uma rede de trens de carga ilegalmente utilizada por imigrantes que querem cruzar rapidamente o México em direção à fronteira com os Estados Unidos.

19. Fábricas voltadas exclusivamente para exportação, na fronteira norte do México, com produção feita a partir de matéria-prima estrangeira importada com isenção de taxas.

eram: levantar, ajudar meu pai a pescar, ir pro porto vender e voltar pra ver o pôr do sol na praia. Parece bom pra um dia, pra umas férias, mas o tempo todo, sendo bem sincera, não é muito legal. Eu queria conhecer o mundo, comprar um negocinho pra ouvir música, dançar e curtir. Não queria morrer vendo a mesma areia, as mesmas ondas e o mesmo poente pelo resto da vida. Calculei errado: vida de merda.

Na cidade me chamavam de "a negra". Sou negra, e daí?, negra com orgulho. Cabelo bem preto, cacheado e bagunçado, afro, me diziam na fábrica. Aqui na *maquila* me chamavam de "pequena", porque além de negra sou baixinha. Baixinha, negra e cacheada alvoroçada, lá vai um microfone ambulante, riam de mim aquelas pobres coitadas. As meninas daqui do Norte ficavam surpresas e tinham dificuldade de entender que sou mexicana, tão negra quanto mexicana, como assim? Imaginavam que minha mãe tinha traído meu pai com algum rapper gringo e por isso eu tinha saído mulata, ou que alguma negra tinha me abandonado na praia até que minha família me adotou. Que isso, cara, sou mais mexicana que os cactos, *mexica* negrinha. *Brown sugar*, me diziam os gringos que me compravam peixe "envarassado", em-vara-assado.

A fronteira não é o que pensam ou falam dela. A fronteira é um monstro, uma fera ansiosa para engolir. E é um saco sem fundo: se alimenta de trabalho, sexo, drogas e mulheres, mas eu não sabia disso. Só tinham me dito que havia trabalho em Juárez, nas fábricas e nas *maquiladoras*, e que o clima era do caralho, todo dia uma festa bem louca, então me deram corda.

Não avisei ninguém: um dia peguei e fui pros trilhos do trem, decolei nele e me mandei pra cá com meus sonhos. Juárez é como um rancho gigante, e eu gosto disso. Um rancho com *sombreros* pra todos os lados, camionetes que você vê e diz esse aí é narco, só pode ser. E botas penduradas nos fios de energia. Cada região exibe seu calçado: lá na costa são chinelos, quando passei pela província vi tênis, e aqui as botas de cowboy, muito engraçado. As pessoas se prestam, né. Mas aqui na fronteira também penduram cruzes cor-de-rosa, em homenagem às mortinhas de Juárez, e tem mais cartazes de meninas desaparecidas do que de bailes, isso me disseram.

Azar o meu, que vim procurar bailes e me deparei com um deserto desgraçado que devora, despedaça, engole e some com as mulheres. Ninguém sabe, ninguém soube. Mas ninguém me faz de boba, não.

Na Besta conheci uma colombiana muito legal. Ela tinha um monte de *cumbias* no celular que ouvíamos juntas pra passar o tempo: ela dividia comigo um fone de ouvido e quando a velocidade diminuía e o terreno não era tão acidentado, a gente dançava, sim, em cima do vagão, zombando da morte. Afinal, ao atravessar metade do México de trem, pela rota da morte, já estávamos meio que zombando dela. Lembro que eu e a colombiana dançávamos muito gostoso, pura *cumbia*, bem lindo, tentando enganar a morte pra não cair nas mãos de narcos, assaltantes ou cafetões, e aquilo era enganar seriamente a morte. Dançar em cima do vagão era celebrar a morte que andava atrás da gente, pelo menos por um dia. Enquanto tocava *cumbia*, não havia morte, apenas dança. A colombiana me deixou em Juaritos e seguiu seu caminho em busca do sonho americano. Eu me instalei na minha tia, que morava num quartinho na periferia da cidade. Foi ela quem me persuadiu, que vida você espera aí, não vai virar sereia, é melhor vir pra cá ficar comigo, e eu fui.

Trabalhar na *maquila* é como ir à escola de uma forma diferente. Eu trabalhava no turno da madrugada: entrava às quatro da tarde e saía às quatro da manhã, quando os galos ainda não estão cantando, mas os abutres sim. A *maquila* às vezes parece uma prisão: todo mundo de uniforme cáqui, sem trégua, produzindo, tentando ganhar o bônus da produtividade, sem trégua, ganhando umas horas extras e uma graninha pra *tanda*,[20] sem trégua, pra tirar um dia de folga e ir dançar.

Eu curtia demais: sabia que trabalhar numa *maquila* era um risco porque a gente sabe, de ouvir por aí, que quase todas as meninas desaparecidas são *maquilocas*. É assim que chamam a gente, trabalhadoras das fábricas, "*maquilocas*", porque mexemos com os caminhoneiros, ou porque não andamos na linha, mas não é verdade, ou talvez seja, mas não é legal que os caras nos chamem de "*maquilocas*". Pra falar a verdade, eu era bem louquinha mesmo, me ferrava trabalhando e merecia me divertir. Gostava de ir aos bailes, comprar minhas roupinhas provocantes, usar um batonzinho vermelho. Também me dava bem com os colegas de trabalho e beijava uns caras que encontrava nos bailes, mas não era muito de bar: a minha praia eram os bailes, que que eu posso fazer?, adoro música, gente e dar uma dançadinha. Eu me ferrava trabalhando, às vezes, sério, sem tirar folga, peça por

---

20. Esquema de poupança rotativa típico no México em que os participantes de um grupo depositam regularmente um valor acordado em um fundo comum e, ao final de cada semana ou quinzena, um deles recebe a soma total, o que se repete até que todos tenham recebido a sua parte.

peça, em produção dobrada e essas merdas, pra uma vez por mês vestir minhas botas de salto alto, meu jeans bem apertadinho e meu chapéu pra ir dançar a noite toda com dois ou três rapazes; tomava uma ou duas cervejas. Tenho dezessete anos, mas por ser *"maquiloca"* mereço o que aconteceu comigo? Por acaso eu tava atrás disso? Você acha que eu ia estar atrás disso se durante uma semana viajando enganei a morte dançando *cumbias* em cima de um trem? Não, cara.

O pior de tudo foi que quando me mataram — ou não me mataram? — eu nem tava aprontando. Naquele dia lembro que pus uma camisa do Tigres del Norte porque estava com preguiça. Também vesti uma saia preta na altura do joelho e um Adidas Superstar, bem ridícula, eu sei, mas fazia dois meses que não descansava porque tava juntando dinheiro pra comprar um celular e um ingresso pra área VIP do baile Intocable e não tava com vontade de me arrumar. Tava economizando, participando de quatro *tandas*. Então peguei o ônibus da fábrica pra poder chegar mais perto da cidade e não ter que gastar muito. Mas algo deu errado, porra, errado pra caramba. Quando entrei no ônibus já tinha outras dez meninas ali, mas aos poucos elas foram descendo até eu ficar sozinha com o motorista... Ai, meu deus! Só de lembrar disso as minhas mãos suam, mãos que viraram mar e suavam, eu suava muito, estava morrendo de medo, nervosa. Nos meus fones tocava Poder del Norte, mas a voz anasalada do vocalista não conseguia me distrair da minha paranoia, ou será que era um mau pressentimento? Não sei que horas o motorista, aquele desgraçado, mudou a rota. Comecei a orar, pedi a deus que só estivesse cortando caminho, pegando uma rua pra não precisar contornar, mas não, de repente não vi mais nada, só escuridão e deserto. Fodeu, pensei. Fodeu. O pânico tomou conta de mim e comecei a gritar pra ele me deixar sair, pra onde diabos ele estava me levando, que pela porra da sua mãe, pela porra das suas filhas, que ele não me machucasse. O idiota só ria. Então parou o ônibus. Eu toda encolhida chorando, chorando muito, xingando. Ouvi ele sair do ônibus e vi as luzes de uma viatura: gritei mais alto, pedi ajuda, implorei, mas os idiotas se fizeram de surdos e o deixaram seguir caminho. Nos perdemos no deserto. Ele deu uma freada tremenda. Abriu a porta e outros quatro idiotas entraram. Você quer que eu te conte tudo?

Os cinco me estupraram. Se revezaram pra me estuprar. Amarraram minhas mãos e meus pés. Me queimaram com cigarros, me bateram até cansar. Me soltavam e brincavam de me caçar. Morderam meus seios. Me soltavam e eu corria com todas as minhas forças, mas eles eram mais rápidos e mais fortes que eu. Assim que um deles me alcançava, me agarrava pelos cabelos, me jogava na areia e me chutava na cara, no peito, com força.

Eu tinha ouvido muitas coisas, que usavam as meninas pra fazer pornografia sádica ou ritos satânicos pra gringos entediados. Mas não. Não me filmaram, não eram estrangeiros, eram caras mexicanos, podia ser seu primo ou meu pai, normais, não eram playboys ou estrangeiros. Não sei por que fazem isso, não sei, mas de uma coisa tenho certeza: eles curtem fazer. Gostavam de me ver chorar e implorar. Dava pra ver isso nos olhos, nos gemidos deles. Desgraçados, filhos da puta, malditos. Brincavam de me sufocar com uma bandana vermelha e quando viam que eu estava no último suspiro me soltavam e depois me fodiam de novo.

Não sei quantas horas isso durou, por quantos paus e mãos passei, mas fiquei completamente fodida, machucada, cheia de hematomas, queimaduras, golpes. Me estupraram com aqueles pintos nojentos, com um objeto de metal e com aqueles dedos podres. Quando se entediaram e me deram como morta, me deixaram atirada no meio do deserto.

A escuridão foi clareando aos poucos. Abri os olhos e o vi: estava parado ao meu lado. "A morte chegou e, pra piorar, ainda por cima é homem", disse a mim mesma. Mas não, não, não era a morte. Percebi que não era a porra da morte porque me deu uma baita mordida no pescoço. Sim, uma mordida. Me botou em suas costas e perdi a consciência.

Tive febre ou coisa pior. Talvez tenha morrido e revivido, mas durante o meu delírio — perdão pela redundância — tive várias alucinações, não, foram mais como várias lembranças. Me lembrei de quando meus irmãos e eu éramos crianças e começamos a fazer xixi na cama. Que merda, não sei por que lembrei ou por que sonhei com isso, mas teve uma época em que demos pra ser mijões. Sincronizados, fazíamos xixi ao mesmo tempo, uma coisa bem paranormal. Meus pais fizeram de tudo, mas nada funcionou. Chegamos a bolar umas estratégias pra evitar o xixi e nada, nada, nada. No fim, meu pai não teve escolha a não ser nos dar banho pela manhã pra que a gente não fosse fedendo pra escola. O que mais me incomodava é que eu já era mais velha, tinha doze anos, andava flertando com um menino e então pensava: no dia em que ele me levar e dormirmos juntos, vou mijar nele, ele vai me achar uma doida e vai me mandar de volta pra casa. Eu tava no meio do meu drama infantil quando acordei. Não demorei muito pra perceber que estava na porra de uma caverna, uma caverna no meio do deserto. Mas pelo menos tava viva, tinha enganado a morte, era isso que eu achava. Só não sabia que a morte sou eu.

Vi que tava amanhecendo e pensei em sair pra pegar um solzinho, conferir os arredores, ver qual é que era. *Bad idea*. Assim que a merda do sol tocou minha pele senti como se estivesse queimando, até saiu uma fumacinha, que caralho, então voltei pra dentro da caverna correndo. Os outros dias foram terríveis. Embora não tivesse nem comparação com o estupro e o assassinato, foram uma merda. Minha pele começou a se decompor; não só fedia a podre, mas começou a cair, a cair em fiapos. Meu cabelo inteiro caiu. Vomitei, vomitei todos os meus órgãos, o coração, o estômago, o intestino, os rins, o fígado, o pâncreas, acho que vomitei todos. Com esses olhos que os vermes nunca hão de comer, vi meu intestino saindo dessa boca, ainda com gosto de *tacos al pastor*. Sério, tive que puxar pra sair tudo. O fígado tinha gosto de sangue, de sangue fresco: gostei. Meu pâncreas é docinho, como leite de bebê. O coração? Esse não cuspi, sabe lá deus por quê.

Depois de vomitar todos os meus órgãos, de perder os cabelos, morri de novo, tô falando, nem sei mais. Quando acordei, mesmo me sentindo numa ressaca brutal, era eu de novo. Não havia feridas, nem dor, nada: eu era a porra da "pequena" em todo o seu esplendor, mas pelada, bom, quase, estava só com uma camiseta preta. Aqueles desgraçados tinham jogado minhas roupas sabe-se lá onde, filhos da puta. Enfim, esperei até escurecer e fui atrás do Charro Negro,[21] aquele homem me

---

21. Lenda-personagem da tradição popular mexicana, Charro Negro seria um homem alto, elegante, que usa roupa de vaqueiro preta e impecável. Segundo a lenda, vem do estado de Jalisco e anda em seu cavalo enorme, à noite, pelas ruas do México. Enquanto alguns afirmam que tem relação com o diabo, outros o veem como uma entidade justiceira.

devia algumas explicações. Aí fui pelo deserto mesmo, porque pra minha maldita surpresa conseguia enxergar superbem no escuro, como se tivesse visão ultravermelha, ou é infravermelha?, ahã, isso mesmo, muito foda. Não demorei muito pra encontrar uma merda de um trailer no meio do deserto. Bem bela, bati na porta e quando ele apareceu na minha frente eu disse: que porra é essa?

    O Charro Negro me contou uma coisa toda cagada, disse que eu tinha enganado a morte e conseguido voltar. Então aqueles filhos da puta não tinham conseguido me matar, me deixaram agonizando e esse cara com algum tipo de bruxaria estranha tinha conseguido prender e eternizar meu último suspiro. Acho que a matéria não se cria nem se destrói, apenas se transforma. Do que você tá rindo? Pareço idiota, mas terminei o ensino fundamental. Acontece que o Charro Negro me disse que meu corpo havia desenvolvido a capacidade de se curar, mas que pra isso precisava consumir sangue, não de humano, porque aí as coisas se esculhambam e você fica com urticária, mas de animal, que ativa a capacidade regenerativa do nosso corpo e de qualquer ferida. Primeiro meu corpo ia se decompor e depois ressuscitar triunfante dançando a *cumbia* das cinzas. Foda. Também falou da visão um pouco mais apurada, da melhora do olfato e da audição e da força sobrenatural. Isso deve ser uma alucinação, pensei. Mas não, pior que não. Talvez depois de todo aquele sofrimento eu tenha me transformado em mártir e agora deus estava se atualizando e me dando superpoderes, ou talvez fosse apenas porque a vida queria me dar a oportunidade de me vingar por aquilo tudo. E, bom, como deus não dá asa a cobra, nos deu um puta defeito: o sol. Uma maldita alergia ao sol. Então eu só podia agir à noite.

Em resumo, o Charro Negro me contou tudo o que eu tinha que saber sobre os não mortos, sobre a mutação dos que sobrevivem ao sofrimento. Me disse que o sangue de corvo é amargo, que pra entrar em qualquer lugar temos que ser convidados. Então logo estava eu nas lojas de roupas de Juaritos perguntando para as meninas: oi, posso entrar? E por mais bobas que algumas delas fossem, só respondiam sim e não, e eu precisava que me dissessem pode entrar, ou eu te convido pra entrar. Foi uma luta, mas consegui minha blusa dos Tigres del Norte, a mesma que estava usando no dia em que aqueles desgraçados abusaram de mim.

Não sei como consegui, mas usei todos os meus truques femininos pra convencer o Charrito a me ajudar com a vingança. Pra falar a verdade, não me deu muito trabalho. Eu já te contei que o cara tinha um hobby meio fofo e meio assustador? Ele gostava de recolher os ossos das mulheres assassinadas e botá-los perto de locais onde pudessem ser facilmente encontrados. Perguntei por que, tendo superpoderes, ele nunca deteve os assassinos, não os matou, não fez nada com eles. Ele me disse que estava esperando uma mulher que pudesse fazer isso.

O cara, bem paciente, me acompanhou por Juaritos pra comprar minha saia jeans, minha camiseta dos Tigres e meus tênis. Vi meu rosto colado em um poste. Dizia: Procura-se. Fiquei muito triste ao imaginar minha família me procurando, minha tia contando os dias. Naquela época já fazia seis meses que ninguém sabia de mim, se eu estava viva ou morta. A tentação me ganhou e desenhei um balão de desenho animado em um dos cartazes: "Me ferraram, estou viva e vou acabar com eles". O Charro olhou pra mim com um sorriso que eu nunca tinha visto ele abrir. Entrei em um banheiro público, vesti minha camiseta dos Tigres, minha saia e meu tênis e passei um batom vermelho. Me olhei no espelho e, embora não visse meu reflexo, sabia que era eu mesma, a que saiu da *maquila* naquela manhã, a mesma, ainda que morta e expulsa pelo deserto, não devorada, que me vomitou até não poder mais. Sorri. Saí do banheiro e o grupo Cañaveral estava tocando. Parei pra dançar, dançar como dançava com a colombiana em cima do vagão da Besta, aquele momento em que você debocha da morte, achando que é mais esperta que ela, mesmo que não seja.

O Charro Negro me acompanhou até o ponto de ônibus. Reconheci o número na hora: 495. O ônibus parou, entrei em grupo com outras meninas e o motorista nem me notou. Sentei no fundo, escondida pra que ele não pudesse me ver bem, mas o suficiente pra que soubesse que havia alguém ali. Tive um *déjà-vu*. Ele desviou o caminho e parou para uma viatura. Pegou o caminho pelo deserto, freou. Os outros quatro subiram. Saí ao encontro deles, um me reconheceu imediatamente, minha camiseta dos Tigres e meu cabelo afro me delataram. Tá de brincadeira, seu filho da puta?, ele perguntou ao motorista. Não dei tempo de falarem mais nadinha de nada. Fui me aproximando aos poucos, vi a cara deles em pânico, um se mijou de susto, bando de idiotas, gostam de sair por cima, mas não se aguentam. Eu tava com medo, o corpo tem memória, mas me segurei. Sorri mostrando minhas presas afiadas.

LANTEJOULAS

No dia anterior caiu um mega aguaceiro e as nuvens pretas indicavam, assim como Mhoni Vidente, outra tempestade. Eu esperava num canto empoeirado iluminado apenas pelos raios. O que esperava desperdiçando a mim mesma no frio, gata? Não sei. Talvez um velhote tarado, um político entediado ou um viado qualquer. Ou talvez apenas um resfriado por insistir na prostituição. Para não ver meu reflexo, pisava em uma poça d'água com minha bota de salto dourado e ponta desgastada. Me lembrava do que eu havia sido, do que não queria voltar a ser. Pus um cigarro nos meus lábios de silicone, soprei a fumaça com um suspiro e olhei de um lado para o outro. Senti uma puta rajada de vento e pensei nas que não são mais, naquelas de lantejoulas que ficaram em um tempo distante, quando não havia longas solidões sob céus descoloridos. A noite estava fria como xoxota de pinguim, e eu esperando, gata.

As lembranças fazem o tempo passar rápido. Lembrei dos dias em que pegava os vestidos da minha irmã e fingia que era Selena: vestia uma peruca preta, contornava os lábios com o lápis que minha mãe usava para desenhar as sobrancelhas e depois preenchia com *gloss* cor-de-rosa. Minha mãe ficava brava e ameaçava me meter no Exército: "Que história é essa de maquiagem, desgraçado", me dizia. "Continua com essa viadagem e te mando pros soldados te transformarem em homenzinho, bobalhão."

Apesar da ameaça militar, continuei cantando com muita paixão *como la flor como la flor con tanto amor*, tanto que minhas vizinhas comentaram com minha mãe que ela devia me oferecer como animador de festa infantil. Ela achou uma boa, me ofereceu, mas para cantar "Ratón Vaquero".[22] Ela queria um vaqueiro, mas eu saí brigona e pintava meus lábios bem bela, botava um lenço vermelho no pescoço e um cravo no meu chapéu de cowboy antes de subir no palco, porque desde moleque sou artista. Além disso, sempre gostei de inventar moda: as meninas da minha sala gostavam de Paulina Rubio e algumas até usavam água oxigenada para pintar a cabeleira de loiro. Sempre pensei que pintar o cabelo de loiro sendo morena era ir contra a vontade de deus e, além disso, a gente sabe que pintar o cabelo com sobra de descolorante é a coisa mais bagaceira e vulgar do mundo, não dá pra andar por aí feito uma caipira, gata. E como se não bastasse, essa coisa de cantar *Mío, ese hombre es mío, con otra, pero mío* me dava nojo. *Con otra, pero mío?* Ah, por favor! A gente nunca pode ser a segunda opção, nunca. Sempre fui mais Selena porque ela era foda, sombria, reptiliana e inatingível. Mas minha mãe nunca gostou da ideia de eu me sentir a rainha do *tex-mex* e me atirava as chinelas pra me afastar dos maus pensamentos: "Você é macho, Julio", ela me dizia. "Macho." E me mandava ver filmes de Mario Almada e Vicente Fernández. Fez de tudo pra

---

22. Canção infantil popular no México que conta a história de um ratinho vaqueiro em diversas aventuras. A música é frequentemente tocada em festas infantis, escolas e eventos familiares.

tirar da minha cabeça a ideia de "ser mulherzinha". Me obrigou a maratonar "filmes para homens" começando com *Banda del carro rojo* e terminando com os *Tres García*. Me pôs em aulas de luta livre e *charrería*.[23] Caminhou até o santuário da Virgem das Causas Impossíveis pra pedir um milagre. Me vestiu estilo Pedrito Fernández: jeans, botas e chapéu de cowboy, um horror! Foi tudo inútil. Eu sonhava em usar vestidos justos de lycra e sapatos salto quinze. Para aguentar a dor das surras, minhas heroínas eram as cantoras Lola la Trailera, Alicia Villareal, Ana Bárbara, Priscila y sus Balas de Plata e Selena Quintanilla. Minha mãe passou dos chinelos para o fio molhado e então para as súplicas: "Viado o.k., mas traveco não, Juls, pelo amor de deus". Foi por isso que saí de casa. Pra não apanhar por usar sutiã com enchimento, batom vermelho e o cabelo até a cintura. Pra não ser maltratada por ser puta.

A espera terminou quando uma camionetezinha muito lindinha parou na minha frente e eu me debrucei na janela. Dentro, um jovem de uns dezoito anos, perfumado e com carinha de idiota, me olhava impaciente. Da minha boca carmim saíram umas palavras bonitas que aprendi numa paródia de putaria: *Como yo la mamo, como yo la mamo, nadie te la mamará. Entiéndelo, nadie te la mamará. Porque yo la mamo con la fuerza de los mares, yo, la mamo con el ímpetu del viento, yo.* Tudo isso enquanto eu desfilava exibindo minhas curvas e o vestido caríssimo de Paris. O jovem me olhou surpreso. Poderia dizer que ele ficou com cara de idiota, mas isso ele já

---

23. Arte equestre mexicana em que homens e mulheres vestidos a caráter mostram suas habilidades em provas a cavalo.

tinha. Subi na camionete e ele parou seis quarteirões depois em uma construção com paredes estilo Imperatriz Carlota, onde eu já era parte da mobília: Motel El Beso Negro.

Ficamos dentro do quarto por uma hora. Nem mais nem menos. Durante esse tempo, ele teve a oportunidade de experimentar tudo o que os homens só veem nos filmes pornô hardcore. O que não propõem à esposa ou à namorada e o que não mostram nem aos amigos mais íntimos, porque sua masculinidade desmorona, porque a masculinidade é como um marzipan, gata, muito frágil. Eu sou essa possibilidade. Prestava meus serviços para satisfazer os desejos mais sujos, banais ou absurdos que meu cliente da vez pudesse ter. Anal. *Golden shower*. Anal extremo. Coprofilia, tudo com custo extra dependendo da dificuldade. Esse cliente, bastante conservador, só pediu o tradicional: um boquete e uma boa trepada. Me pagou com um cheque ao portador que já incluía minha gorjeta e o táxi. Dei um beijo de despedida nele. Saí do local e fui para casa debaixo de chuva, não gostava de pegar táxi.

Nunca soube de onde veio o carro preto com quatro desgraçados a bordo. Me seguiram por vários quarteirões gritando bobagens: "*Mamacita*! Com uma bunda dessas você deve cagar bombons!". Ignorei e continuei caminhando como uma diva. Então eles passaram das vulgaridades aos insultos: "Cadela filha da puta, tá se achando! Não é tão gostosa assim, sua idiota!". Irritada, virei e xinguei de volta. O que aqueles michês estavam pensando? O motorista parou de dirigir e saiu do carro: "Vou te ensinar a respeitar, sua cadela filha da puta". E me deu uma bofetada. Furiosa, revidei e cuspi na cara dele. Os outros desceram. Todos começaram a me bater, bando de covardes e cagões, bem machões. O silêncio ecoava pelas ruas e o único som que irrompia com violência era o das pancadas no meu corpo. Perdi a consciência. Mal senti quando me subiram no carro.

No dia em que me mataram eu estava vestida de rainha. Como Cleópatra em Roma. No início da minha adolescência eu conseguia cobrar até cinco mil pesos por vez. Meus clientes preferidos eram os padres e os políticos, pagavam bem e não se importavam se eu pedia mais cinco mil de gorjeta, não faziam caso. Com o dinheiro que ganhei dos dezoito aos vinte e cinco anos, coloquei peito e bunda, afinei o maxilar e arrumei o nariz. Meu cabelo era natural. Longo e preto, como uma cachoeira de Coca-Cola. Bronzeava minha pele cor de canela uma vez por mês para manter uma aparência dramática. Eu sou linda, gata. Linda e exótica. Era uma flor entre os cactos. Uma estátua de Cleópatra em uma loja de bugigangas chinesas. Uma rainha mestiça da selva de concreto. A rainha do *tex-mex* da avenida do aqueduto.

Na última noite em que senti o frio de novembro e esperei impaciente, me maquiei enquanto ouvia música de putaria. Delineei meus grandes olhos castanhos e pus enormes cílios postiços. Furei meus lábios três vezes com um alfinete e passei um batom vermelho para dar um efeito Selena. Cantei: *Y en mis besos de silicona, pongo mucha pasión. Mi cuerpo a tu disposición.*[24] Gostava de provocar e era especialista nisso. Naquela noite estava com um vestido preto de renda e saltos muito altos e muito vermelhos. Uma bolsa bem discreta em formato de coração. *Guarra, me siento como una guarra, en tu cama dejo*

---

24. "Nos meus beijos de silicone, ponho muita paixão./ Meu corpo a sua disposição."

mis bragas, con perfume de christiandior.[25] Andei pela rua sem ouvir o que as pessoas diziam nas minhas costas. Uma diva e uma vadia, como sempre.

Quando meu corpo foi encontrado, ninguém me chamou de Julia, foi como se um pedaço de plástico com uma fotografia valesse mais do que uma vida inteira de transformações. *Travesti é encontrado nu e brutalmente espancado num terreno baldio. Homem vestido de mulher é espancado até a morte. Corpo de transexual é encontrado sem vida em um imóvel abandonado na manhã deste domingo. Alerta, alerta, mataram um traveco!*

Enfiaram uma chave de fenda no meu pescoço. *Vestido de mulher.* Me estupraram. *Suposto crime de ódio.* Me torturaram. *Se autodenominava Julia.* Meu corpo foi encontrado de bruços, seminu e com feridas nos seios. *Removeram os seios falsos.* Cortaram meu rosto. *Com ferimentos no rosto siliconado.* Os vizinhos disseram que eu me prostituía, que saía à noite vestida de mulher. Tinha seis facadas na garganta e três no abdômen. Encontraram sinais de agressão sexual no meu corpo, mas o perito disse que era melhor fazer testes de HIV e de drogas. Me asfixiaram. *Atenção, atenção, travesti é asfixiado com a própria calcinha.* Ácido no rosto. A morte não é glamorosa, porque não é de lantejoulas. Vestido preto manchado de sangue.

Acordei atordoada sem saber o que tinha rolado. Olhei de um lado pro outro e dei um grito tremendo ao ver meu corpo caído no meio de uma pilha de lixo. Me aproximei devagar e

---

25. "Putinha, me sinto uma putinha/ Na sua cama deixo minha calcinha/ Com perfume christiandior."

confirmei minhas suspeitas: estava morta. Aqueles malditos michês tinham me matado. Peguei minha mão ensanguentada e chorei um pouquinho por mim. No meio do ruído dos grilos, um "Vamos, menina, tá ficando tarde pra festa!". Olhei pra trás e lá estava Paola, acompanhada por Susi Pop, Brigeth e Diana Sacayan.[26] Me despedi do meu corpo, sacudi a poeira do vestido, nos demos as mãos e caminhamos juntas na escuridão de novembro.

Y miré la noche y ya no era oscura, era de lentejuela.[27]

---

26. Artistas e ativistas que morreram de forma trágica. Susie Pop foi uma artista espanhola da cena travesti que se suicidou em 2008; Brigeth, uma ativista travesti mexicana assassinada em 2017; e Diana uma ativista trans argentina assassinada em 2015.

27. "E olhei para a noite e já não era escura, era de lantejoula", trecho de "Todos me miran", de Gloria Trevi.

CU DE PALHA

Minha mãe Hortensia nasceu com um dom, foi a primeira da família. Tinha o dom da cura. Curava quem lambesse seus pezinhos. Não foi ela que descobriu isso, nem sua mãe, que viria a ser minha tataravó. Foi uma vizinha. Dona Juana estava convencida de que aquela cor branca leitosa dos olhos, pele, cílios, sobrancelhas e cabelos de Hortensia era um presente de Deus. Então dizia "Minha filha, me abençoe esta correntinha vermelha para chamar dinheiro" e "Me chicoteie com este galho e me proteja do mau-olhado". A sorte lhe vinha mesmo, mas nada que não alcançasse sozinha, abençoando a si mesma. A outra coisa foi um verdadeiro milagre, comadre.

Dona Juana tinha um zumbido nos ouvidos e uma dor de cabeça que só Jesus na causa. Um dia, quando estava passando a vela em volta da minha mãe, para curá-la de um susto, sem querer queimou os pelinhos de uma de suas pernas e, para compensá-la, começou a dar mordidinhas em seus pés; e não é que todo o desconforto de Dona Juana foi embora imediatamente e nunca mais voltou? "Eu falei, Cuca, sua menina é milagrosa!", ela disse à minha tataravó, e numa correria desenfreada se organizaram para montar uma capela. No consultório de Dona Juana puseram uma cama de solteiro, cobriram com um edredom rosa pastel de renda branca e decoraram com flores brancas e pombas de plástico. Deitaram minha mãe ali com seu vestido de cetim azul-celeste. Pediam contribuição voluntária para as pessoas que quisessem chupar os pezinhos dela e receber a cura.

A fama da minha mãe se espalhou pela região, as pessoas vinham de todos os lados para ver a menina bruxa de neve que curava doenças. Não havia doença que ela não aliviasse nem verme que não expulsasse, mas quando chegou à puberdade, minha mãe acabou se revelando uma tocha acesa que, como uma serra elétrica, não deixava em paz nenhum tronco. Isso não diminuiu seus dons, mas minguou a confiança das pessoas em lamber seus pés. É que, comadre, lamber os pezinhos de uma menina que cheira a pão doce não é a mesma coisa que lamber os pés de uma jovem que cheira a sete homens e tem as unhas pintadas de vermelho.

Diante da emergência, Dona Juana lhe ensinou a fazer limpezas com ovo, velas e plantas. Também lhe ensinou a ler o baralho espanhol e a fazer feitiços de todos os tipos. Quando Deus Nosso Senhor chamou Dona Juana a seu reino, ela deixou seus bens, bastante generosos, seu mercadinho e conhecimentos para minha mãe, minha mãe os ensinou para minha outra mãe e minha outra mãe para mim.

Com o dinheiro e os conhecimentos das minhas mães me tornei uma bruxa de sucesso: juntava amantes e desfazia casamentos. Ganhava prefeituras para políticos e antecipava mortes de pessoas doentes. Minha sobrinha tocava minha página no Facebook, que tinha quatro estrelas e meia e muitos seguidores. A melhor bruxa da região. Feitiços de todos os gêneros.

A amiga de todos os Santos; a que consegue os melhores tratos com o demo. Te caso, te divorcio, te faço ganhar uma grana, mato, tiro do caminho e enlouqueço quem você quiser. Garantido. Pode ter o amor da sua vida rastejando como um cachorro atropelado em menos de setenta e duas horas. Assino perante um tabelião que com esse chazinho de estramônio e veneno de viúva-negra os terrenos do seu avô serão seus, chega de brigas no Natal. De uma tradição de bruxas, benzedeiras e curandeiras: a neta da menina bruxa da neve.

Meus problemas começaram com a chegada de Teresa, a vizinha. O problema inicial foi por causa do muro que separa a casa dela da minha. Veja só, comadre: quando minha mãe me deixou, vendi tudo o que ela tinha herdado da minha mãe e da minha outra mãe e comprei um terreno neste bairro. Construí minha casa, mas sobrou um terreninho que se mistura com o terreno do vizinho. O dinheiro foi suficiente para construir metade do muro e a outra metade ele ficou de subir, mas nunca subiu e nunca tivemos problemas porque eram pessoas muito boas e muito decentes. Mas Teresa é outra história. Essa é uma garota safada que tem três cachorros que pulam no meu quintal e cagam por tudo. Ela tentava limpar aquela merda toda, mas sua presença me incomodava. Aquela cabeleira crespa, a pele escura e o cheiro de limão e incenso me davam asco. Vê-la no meu quintal limpando o cocô da ninhada me deixava doida.

Então comecei a fazer bruxaria para ela. Não vá pensando que fui direto para as sombras, não. Primeiro recorri a Deus: dediquei uma novena de São Judas Tadeu a ela. Em sua homenagem, ofereci jejuns ao Menino Jesus de Atocha. Me vesti como Santo Turíbio por um mês. Nenhum ritual autorizado pela Santa

Igreja Católica fez efeito. Nem Deus nem a corte celestial conseguiram fazê-la pensar direito. A mulher seguia cheia da razão: "Esse muro não é minha responsabilidade, senhora".

Então passei a recorrer a entidades obscuras, pedi para a minha sobrinha pegar uma foto no Facebook de Teresa e imprimir para mim. Colei a foto em uma maçã verde e deixei para a Santa Morte vermelha. Nada. Ela, com seu sotaque de outras bandas, me disse: "Escuta aqui, eu já limpo o cocô dos meus cachorros, o que mais você quer, velha chata?". Nem a Santa Morte amarela, nem a verde, nem a preta me ajudaram.

Aí fui para os feitiços, dos mais variados, de todas as cores. Pus o nome dela numa vela, que cobri com mel e canela e acendi e fiz orações para dominar o discernimento da mulher: "Você não vai ter paz de espírito até subir o maldito muro ou se livrar desses cachorros ou ir embora pro seu país".

Repeti o processo com velas vermelhas, verdes e pretas. Nada. Amarrei a foto em um sapo e o enterrei num vaso numa noite de lua minguante. Depois enfiei a foto nas vísceras de uma galinha preta e a sepultei na montanha com a lua em quarto crescente. Nada.

A desgraçada da garota estava gostando de me ver irritada: "Ah, dona chatonilda, fique tranquila, acalme-se, não lhe incomodo por causa da sua queimação de ervas e da sua bruxaria, qual é o problema com meus cachorrinhos, velha caduca". "Nojenta, vai pra porra do seu rancho ou constrói o meu muro." O desespero me fez recorrer ao mais alto vodu. Comprei uma réplica humana no mercado de feitiçaria que vesti com um sutiã que havia roubado do varal dela e enterrei a réplica no cemitério. Nada. Ela continuava balançando a bunda gorda ao ritmo de Daddy Yankee enquanto limpava a merda do meu quintal. Mas se deu conta de que eu tinha roubado uns sutiãs e me disse o que viria a ser uma ameaça: "Bruxa velha, não brinque com fogo se tem cu de palha".

Meu penúltimo recurso foi a magia dos mortos. É alta feitiçaria que só deve ser usada em caso de emergência. Aquilo era uma emergência. A magia dos mortos consiste em pegar as cinzas de um ancestral, fazer a invocação e depois dar as cinzas para o seu oponente engolir. A alma do falecido entra no corpo da vítima em forma de cinzas e se apodera da mente dela, deixando-a à beira do suicídio. Preparei as cinzas nuns ovos mexidos com pimenta: "Olha, vizinha, não quero mais me comportar tão mal com você, trago uma oferta de paz", disse a ela. Ela os devorou como a morta de fome que é e me disse: "Obrigada, que ótimo, vou te preparar um chazinho para os males da menopausa". "Desgraçada, nojenta, infeliz, menopausa teu cu, sua gorda", pensei. Nada. Ela bem feliz feito um verme em água suja, comadre.

Meu último recurso foi recorrer ao Senhor das Trevas em pessoa. Só tinha precisado lidar com ele em três ocasiões. Para fazer um político do PAN[28] ganhar as eleições, para mandar meu falecido marido para o cemitério, para expulsar um demônio do corpo de um menino, e esta, que era a quarta.

Desenhei uma estrela de cinco pontas com sangue de galinha preta no chão da minha sala, fiz um círculo de sal rodeando a estrela e pus uma vela preta em cada ponta. Tirei a roupa e banhei meu corpo em água de rosas, comi um pedacinho de

---

28. Partido Acción Nacional, partido político mexicano conservador.

peiote e comecei a invocação: "Estrela da manhã, luz da noite, anjo enganador, anjo caído, manifeste-se". Acendi um fogareiro e acrescentei gengibre porque o demônio maldito é fedorento e seu bodum me enerva.

A primeira vez que atendeu meus chamados, chegou vestido de Charro Negro, a segunda de cavalheiro da alta sociedade, a terceira feito o cantor Juan Gabriel e desta vez lá estava ele, com botas de avestruz, camisa dourada, dente de ouro, *sombrero* e uma arma lustrosa. "Não tô bonitão?", me perguntou, enquanto a fantasia de cowboy derretia como cera e suas costas vermelhas e peludas, suas patas de galo e chifres de cabra iam ficando à vista. "Quero que leve a porra da minha vizinha Teresa pro seu reino ou pro buraco de onde ela veio. Quanto você me cobra e por que tanto por uma dessas", eu disse a ele. "Presta atenção: você vai ao mercado e vai comprar um vaso de hortelã e outro vaso com umas flores bonitas — essas pode escolher porque não entendo nada de coisas bonitas —, vai à casa de Teresa e vai deixar as flores e a hortelã no quarto da porta verde-oliva e vai trazer uma vela roxa que está no chão", respondeu o demo maldito. "E por que raios você quer isso?" "Porque sim. Estarei de volta amanhã para a minha tarefa", e desapareceu em um clarão de fogo.

Para fazer o político do PAN ganhar as eleições, veio com a bobagem de que queria um bode preto, fresco e morto. Eu disse para ele não ser tão óbvio, que o bode preto era citado até no livro de São Cipriano, para me pedir algo mais arriscado, mais caro, que não fosse barateiro: você é o Senhor das Trevas, caramba! Ele, montado em seu touro, me disse que exigia um bode preto. Voltou uma semana depois e me mandou pelar o bode, abatê-lo e cozinhá-lo com ervas aromáticas. Também me pediu um molho de pimenta vermelha e um barril de cerveja preta. Comeu o churrasco de bode preto bem picante enquanto me falava como é difícil ser o Senhor das Trevas.

Para levar meu falecido marido às profundezas da Terra, tive que assistir a três meses de cultos de oração da igreja protestante mais popular da cidade e depois explicar a ele, em palavras que não o exorcizassem, por que são tão bem-sucedidos. Em resumo, eu disse que pregavam sucesso, prosperidade, perdão de todos os pecados e superação pessoal. Ele ficou muito triste e me disse que eram tempos difíceis para as hostes do mal.

Para expulsar um de seus capachinhos do corpo de um garotinho, foi mais exigente. Me pediu as pérolas da virgem. Comadre, sem brincadeira, me pediu para ir ao templo do povoado e roubar as joias da virgem que fica no Altar-Mor, e além disso todo o vinho litúrgico. Tive que pedir ajuda ao melhor bandido da cidade e trocar as joias e o vinho pela intersecção junto a Jesús Malverde. O demo disse que eu tinha que esfregar as joias da virgem no corpo do menino para expulsar Astaroth e depois se desvaneceu, deixando as joias, mas levando o vinho litúrgico.

Mas isso? Não entendi para quê ou por quê.

Aproveitando que Teresa trabalha o dia todo fui até a casa dela. Fiquei surpresa: as paredes brancas, limpas, cheirando a material de limpeza. Não imaginava que fosse tão higiênica, tudo muito limpo, comadre. Vasculhei os armários e vi apenas roupas engomadas e brancas, então entrei correndo no quarto com a porta verde-oliva. Você não imagina o que encontrei: no meio das paredes brancas havia uma estátua de cerca de um metro e oitenta de altura. Era um homem negro, bem negro, da raça negra. Tinha restolhos no cabelo branco e o rosto pintado como uma caveira. Usava um terno cor de cereja, uma cartola e tinha os olhos bem vermelhos, como de maconheiro. Estava rodeado de oferendas e velas. Larguei os vasos e peguei a vela roxa do chão. Ele sorriu para mim e senti como se algo frio descesse da minha cabeça até os pés e subisse em forma de calor. Dei um beijo na mão dele em sinal de respeito e voltei correndo para a minha casa. Nós, bruxas, não mexemos umas com as outras. Amanhã, quando o demo chegar, vou entregar a vela roxa e dizer que é melhor que ele mesmo construa o muro.

LA HUESERA

I

Pensei em escrever tudo isso no seu mural no Facebook, mas lembrei que você achava isso a coisa mais brega e idiota do mundo. Uma tarde fui à sua casa levando *tacos de colores* que tinha comprado no Doña Bigotes e te contei que havia chorado a manhã toda por causa dos recados que Alejandra deixava para a irmã no mural dela. Você me disse que aquilo era mais brega do que uma festa surpresa com balões. "No dia em que a irmã curtir um dos posts, Alejandra vai se cagar de medo", você arrematou. Então é por isso que estou escrevendo este diário, registro, não sei como chamar.

Me sinto uma merda toda vez que nas minhas lembranças do Facebook aparece um post em que você me marcou. Os memes, as bebedeiras, nossas músicas favoritas mantêm viva a sua memória, mas são dolorosos. Acho que você é a única pessoa para quem dediquei músicas, e você sabe que não me canso de mostrar como posso ser patética, então confessei no Face meu amor pelas coisas simples e, pior ainda, postei a música do PXNDX... ridícula, né?

Sinto muita falta, sério, sinto falta pra caralho de como você me provocava e dos memes em que zombava da minha intelectualidade, e de como você me chantageava com os vídeos que tinha no seu celular em que eu dançava *cumbias* feito uma doida. Você lembra que foi na Feira? Éramos umas bêbadas, e naquele dia ficamos sem dinheiro, estávamos procurando uma barraca de comida bem baratinha para baixar um pouco a brisa e demos de cara com a área *chola*,[29] onde havia uma barraca vendendo uns sanduíches de carne estranha, dois por trinta pesos. Que sorte, que puta sorte, e o melhor de tudo é que não davam diarreia. Aproveitamos para ver como estava a coisa nos inferninhos por ali, que você chamava de puteiros. E sei lá como acabei dançando *cumbias*. Não percebi que você tinha gravado até que vi sua mensagem no meu Facebook: "Tenho uns vídeos seus fazendo papel de ridícula. Traz dois litros de *pulque* e três *quesadillas* do Doña Bigotona ou eu posto tudo".

Em seguida aquilo virou um hábito, todas as noites de festa acabávamos jantando no Tacos Sujinhos de dois sanduíches por trinta, e cantando abraçadas aos *cholitos* as músicas do Vagón Chicano, mas claro, bem góticas. Ou seja, sempre vestidas de preto. Bem duronas. Pra curar a melancolia é preciso dançar com os *cholos*.

Toda vez que ouço as músicas do Vagón Chicano me lembro de você. Me lembro do seu olhar perdido. De como você olhava pela janela de lado e meio que sem querer ver se o Senhor Viking estava vindo. Às vezes ele desaparecia por até uma semana, mas sempre voltava e fazia aquele barulho estranho que chamava de uivo do urso pardo. E você ia correndo. Um sábado você me disse que ele não ia voltar. E ficamos bem doidas ouvindo uma música do Vagón sem parar, aquela que

---

29. Termo referente a pessoas de origem ameríndia que, no México, pode ser usado de forma mais ou menos despectiva.

diz: *Sin decirme nada, no, no me dejes así.* Mas bem baixinho, porque tínhamos uma reputação de góticas malditas a zelar.

Não sei por que de repente me lembrei disso, mas você sabe, as lembranças vêm sem a gente procurar, são como rajadas de confete que aparecem quando você menos espera, como a menstruação que chega mais cedo quando você vai à praia, mas não como quando você encontra cinquenta pesos no bolso de uma calça no final do mês. Bom, assim. Me lembrei daquele dia em que a gente estava passeando com o Senhor Viking e o Urso e eles estavam de bicicleta e a gente tinha que ir a uma festa muito longe e estava vendo como chegar lá. E então o Senhor Viking disse "é que a gente tá de bicicleta", e nós ficamos esperando que ele terminasse a frase com um "e vocês não", e esse foi o rolo. Ou algo em relação à festa, à estrada e às magrelas, mas não, o idiota disse, então fomos embora. Sim, você se lembra de como rimos da estupidez dele... Imbecil de merda, sempre doidão, mas era do bem e eu achava fofo como ele dizia ahahahahaha no início de cada frase, e como dizia "muito" antes de qualquer substantivo, muito goró, muito *pozole*, muita pizza, muita música satânica. Como nos divertimos com aqueles caras, era só papo furado. Eu ria tanto com eles, com as histórias, mas principalmente com você, você, sempre você e seu humor ácido.

II

Pra que mentir pra você? Há meses estou indo ao psicólogo e ao psiquiatra. Você daria muita risada vendo como o doutor psiquiatra, com um manual em mãos, me atirou vários rótulos: transtorno de personalidade borderline, transtorno obsessivo compulsivo, transtorno de ansiedade generalizada e síndrome de depressão recorrente. Segundo ele, sempre fui maluca pra caralho e só estou usando você como pretexto para ser má. Eu tinha vontade de voar no pescoço dele. Desculpa fugir do assunto, mas você se lembra da primeira vez que fui ao médico de maluco? Quando a terapia acabou, corri até a sua casa pra gente pegar uma *quesadilla* da Señora Corajes e você me disse: que perda de tempo, deixa essa história pra lá, essas bobagens eu mesma posso te dizer, e gastamos o dinheiro em *pulque* e *tamales*. E eu te escutei. O que eu não escutei foi aquela promessa, aquela de que se um dia você se fosse eu não me deixaria levar pela tristeza. A tristeza já me levou. Além do mais, às vezes sinto que eu mesma sou a tristeza. Você vai ficar feliz de saber que para nos homenagear fiz uma tatuagem no braço: a tristeza é rebelião.

Desde aquele dia, o dia em que você não atendeu o telefone, um cachorro preto me segue por toda parte, é um cachorro preto chamado melancolia, dor, raiva e tristeza e, para ser sincera, acho que estou indo de mal a pior. E sei que tem a ver com o fato de você não estar aqui para me animar, para me fazer rir, para me deixar chorar no seu peito. Bom, a questão é que como você não está, ando fazendo terapia, e a psicóloga me disse que, além de muitos transtornos mentais, tenho um luto não resolvido, e que, para te deixar ir, tenho que escrever uma carta de despedida. Mas você sabe que não sou de cartas. Você sabe que meu cérebro está condicionado a escrever ou um telegrama ou uma maldita Bíblia. Então aqui estou, te escrevendo sobre como tem sido a vida sem você. Depois da sua partida abrupta deste mundo.

Sempre achei, desculpa te dizer, que você ia se suicidar. Lembra quando ameacei me matar se você se suicidasse? E aí vimos um filme coreano sobre uma garota que promete a mesma coisa, mas é uma cagona, não cumpre a promessa e a amiga volta, como fantasma, para forçá-la a se matar. Bom, eu estava preparada para o seu eventual suicídio. Mas não para você ter ido assim. É que é tão fácil... Se você tivesse se matado, eu estaria com raiva de você e isso tornaria meu luto mais fácil, mas assim, do jeito que as coisas aconteceram, me sinto vítima da calamidade e da tragédia. Sinto raiva da vida e juro que odeio todos os homens. Todos. Em todos eu vejo os idiotas que fizeram isso com você. E descobri maneiras de canalizar minha raiva.

Não consigo esquecer a última noite que passamos juntas. Cheguei na sua casa depois das oito da noite, estava com o vestido preto de alcinha que você tinha comprado para mim na loja de roupas da Paca, aquele de veludo. Também calcei as botas que eu tinha pedido para o sapateiro reformar. Ah não, vou chorar. Bom, aquelas botas e uma meia-calça arrastão. Você estava quase pronta, com uma minissaia jeans, uma blusa preta com um ursinho suicida e um Converse clássico. Estava alisando o cabelo. Antes de chegar à sua casa bebi no caminho, no ônibus. Comprei seis long necks de Heineken no Oxxo e virei três em um copo de isopor. As pessoas devem ter pensado que era água saborizada. Talvez no ônibus duas ou três pessoas estivessem tentando adivinhar: de orchata ou de hibisco? Mas era cevada, cevada fermentada. Não preciso esconder de você meus problemas com álcool porque você me conhece, sabia perfeitamente da gemada — com álcool — que eu bebia todos os dias na escola. Do litrão de cerveja para escrever os trabalhos finais.

Quero que você saiba que não bebo mais. Queria poder dizer que foi por força de vontade, ou contar uma história maravilhosa de superação pessoal, mas a verdade é que a razão pela qual parei de beber é tão decadente quanto a vida em si. Acontece que tive um coma alcoólico; sim, no primeiro dia que tentei me embriagar sem você quase morri. Fiquei tão mal que acabei em um hospital com caninhos no nariz. Lavagem estomacal é coisa do diabo. E percebi que nem para morrer eu presto. Queria contar isso de uma forma divertida, mas não me lembro de nada. Só que desmaiei e acordei no hospital com caninhos no nariz e na garganta e uma dor me queimando por dentro. Quase morri, é sério, não estou exagerando. E então parei de beber.

Porra, meus cílios. A última vez que nos vimos você ajudou a me maquiar, me disse que eu sempre parecia um biscoito mergulhado em Coca-Cola e te fazia passar vergonha. Quando você estava passando rímel em mim, me disse: "seus cílios são demais, um dia vou queimá-los de inveja". Bom, você precisa saber que naquele dia, quando cheguei em casa, estava tão angustiada com a sua ausência que fui preparar um chá de tília e na hora que acendi o fogão ele explodiu. Se isso fosse um filme, ou melhor, se fosse o roteiro de um filme, eu usaria o crescimento dos meus cílios como metrônomo. Lembra do cachorro que cresceu e que nos fez perceber que o tempo tinha passado? Bom, foi a mesma coisa com os meus cílios. Ficaram carbonizados. Mas já estão crescendo.

III

Pegamos um táxi na avenida, a festa era longe pra caralho. Lá onde judas perdeu as botas. Foi assim que você descreveu. No táxi, como sempre, tocava aquela musiquinha dos táxis, *turururu, turururu, turururu*, estou dançando, e é tão triste que você não esteja aqui para me gravar. Nossa, e cantamos *me gustas tanto, me enloqueces, y no lo puedo ya ocultar*. E o taxista bem intrometido: "Olha só, quem diria, logo vocês, tão góticas". E você respondeu: "Nós andamos de transporte público, senhor taxista, o que você queria?". Tenho meu ranking de respostas espertalhonas que você deu às pessoas. Não supero aquela "Na mesma hora que as da sua mãe, babaca", para um cara que te disse "Que pernas lindas, que horas abrem?". Ou aquela "Se eu quisesse me matar, me matava, tava apenas testando", para a senhora que viu um corte no seu pulso e perguntou se você queria se matar. Sinto tanto a sua falta, isso é tão difícil.

A festa foi o.k. Os mesmos cabeludos de sempre, ouvindo as mesmas músicas de sempre, *por tu espalda abrieron canales de sangre, destinados a lavar el pecado del hombre*,[30] *maldito, maldito sea tu nombre*[31] e *six, six, six, the numer of the beast*. Bom, você sabe. Eu estava curtindo. E a questão é que estou com um dilema existencial, não sei, é sério, não sei se era muito divertido mesmo ou se é porque eu estava sempre bêbada. Mas eu estava curtindo muito. Mas o importante não é que eu estava, e sim que a certa altura você viu seu ex entrar e me disse que queria ir embora, mas eu queria continuar na festa e disse que não. As lágrimas começaram a jorrar, estou tão triste, sério, juro, estou chorando. Eu sou a pior amiga do mundo, sério, a pior.

---

30. Paráfrase da música "Por piedad", de Luzbel. (Nota da Autora)
31. "Maldito sea tu nombre", de Los Ángeles del Infierno. (Nota da Autora)

Às vezes fico meio melancólica e vou te espiar no Face, bom, te *stalkear*, e nossa, você sempre me marcava nuns memes muito legais e em músicas, e eu sempre presa nas minhas coisas, trancada no meu mundo, sempre fui uma vaca egoísta. Às vezes nem dava like, então um dia me peguei dando like em tudo que não tinha dado na época, e uma amiga em comum percebeu e sugeriu que eu fizesse terapia. Eu bloqueei a babaca na hora.

Desculpa por este texto tão desconexo, mas estou escrevendo o que vem do meu coração. Naquela hora eu estava muito bêbada e não quis ir embora com você. Deixei você ir sozinha. "Me manda um WhatsApp quando chegar em casa". Calculei que isso seria em meia hora. Passou uma hora e nada. Passaram duas e nada. Estou chorando, juro, não aguento. Sinto a angústia no meu peito de novo. Te mandei a primeira mensagem. "Ei, onde você está?" Você recebeu, mas não respondeu. Te liguei e caiu na caixa postal. A angústia. A angústia. Meu coração virou um relógio, tique-taque, tique-taque. Meia hora depois te mandei uma segunda mensagem. "Ei, tô em casa, cadê você? Para de sacanagem, tô preocupada, responde." Só um risquinho. Entrei em pânico. Você nunca ficava offline por mais de dez minutos. Com as mãos trêmulas e o coração na boca, liguei para o seu irmão. "Ela não voltou pra casa"; ele pensou que você estava comigo. Comecei a chorar. "Não, não, ela saiu da festa há três horas, disse que tava se sentindo mal, eu fiquei lá e depois não soube mais nada". Liguei para todos os seus amigos. Nada. Esperar em casa. Cento e cinquenta WhatsApps que nunca chegaram até você. Carinhas chorando. Diabos com trovões. Carinhas chorando. "Onde você tá?" Corações partidos. Mãos rezando. Nenhum chegou a você.

IV

Dona Lupe e seu irmão foram à delegacia. Disseram a eles que você certamente devia estar com o namorado. Setenta e duas horas era o protocolo. Deve estar na farra. Minha filha não tem namorado e não gosta de farra. Setenta e duas horas desaparecida. Finalmente aceitaram a denúncia, naquele momento você já tinha cerca de quinhentos WhatsApps. Alguns para você, outros para quem pudesse ser o responsável pelo seu desaparecimento, você sabe, escritos com aquele meu linguajar educado. "Filho da puta de merda, devolve a minha amiga, covarde." "Sua casa vai cair." "Por favor, não machuca ela, eu imploro." E milhares de emojis. Esses WhatsApps poderiam fazer sucesso como romance na internet. Te juro, ouro puro. Mas tenho medo de que você volte para puxar meus pés por dar uma de pós-moderna.

Quero que você saiba que o tempo todo tentei te localizar em segurança. Nem três horas tinham se passado desde o seu desaparecimento e eu já havia bombardeado a internet com fotos e informações pessoais suas. Implorava que compartilhassem para que a gente pudesse te encontrar. Os comentários na sua foto me indignavam, me davam vontade de explodir tudo. Meu ódio pela humanidade só aumentou. "Com certeza é puta", com certeza é puta??? Que ódio, bando de desgraçados.

Abriram a investigação. Fui a primeira a depor e mostrei ao que vim. Me inspirei na minha mãe; lembra que a gente zoava o jeito de polícia dela? Foi o que eu fiz. Fiquei enlouquecida com o imbecil da delegacia, que parecia mais interessado em saber da sua vida pessoal do que em encontrar um suspeito. "Sua amiga fumava? Saía à noite? Usava drogas? Tinha namorado?" Mas nunca perguntou se eu suspeitava do que tinha acontecido com você. Foi uma enxurrada de perguntas sem sentido. Nunca fizeram nada, são completamente inúteis. Quero que se explodam.

Enchi a cidade toda com fotos suas. A cidade TODA, juro que tapei tudo. E sem protetor solar. O delegado nunca avançou na investigação, dava informações desencontradas e contraditórias, de que talvez você tivesse fugido com um amante, de que talvez tivesse sido sequestrada por uma rede de tráfico de pessoas. O povo ligava para a sua mãe para dizer que tinham te visto aqui e ali, e a pobre andava de lá pra cá. Foram meses horríveis. Nunca parei de te mandar mensagens. Nunca. Às vezes sonhava que você me respondia e meu coração pulava de alegria. Mas isso nunca aconteceu. Um dia, do nada, pararam de receber a sua mãe, pararam de atender ligações e arquivaram o caso.

Ligações na madrugada nunca são boa coisa. Eram cinco da manhã quando o silêncio do meu quarto foi interrompido pela música dos *Contos da cripta* no toque do meu celular. Seis meses depois do seu desaparecimento. Era seu irmão, e meu coração afundou. "Encontraram um cadáver que corresponde às características da Claudia. Vamos fazer a identificação, vai se preparando pro pior." E desligou. Não consegui chorar. Não consegui gritar. Não pude fazer nada. Fiquei cinco minutos atônita, feito uma estúpida. Então chorei inconsolável, abraçada ao meu travesseiro por cerca de uma hora, e finalmente comecei a pesquisar no Google — me perdoa por ser millennial, amiga. Entrei no Google e procurei por *encontraram o cadáver de uma mulher*. E o que encontrei me destruiu:

O corpo estava empalado e mutilado. Apresentava ferimentos causados por uma arma perfurocortante. Foi violada, também estava seminua. O corpo de uma mulher foi encontrado com uma bala no rosto. Algumas crianças de Ecatepec encontraram o corpo de uma jovem que, embora não apresentasse ferimentos letais, tinha sinais de espancamento e tortura. Corpo de uma mulher de aparentemente dezenove anos, que levou golpes no rosto e um tiro na cabeça. A vítima ainda não identificada foi encontrada deitada de bruços e vestia calça jeans, tênis e blusa branca. Uma jovem de cerca de dezessete anos foi espancada e torturada com ácido muriático e depois queimada viva por seus algozes. Segundo os primeiros laudos periciais, o corpo apresentava características que indicam que ela foi enterrada viva.

Foi violada e depois pendurada em uma árvore com as próprias roupas. Uma menina de treze anos foi localizada no rio com sinais de estrangulamento. Saiu de casa e não voltou. Estuprada. Estuprada. Mulher encontrada com sinais de tortura sexual.

Estupro.

Sinais de abuso.

Empalada.

Laceração vaginal.

Mordidas nos mamilos.

O marido a esfaqueou até a morte por lhe pedir dinheiro. Dentro de casa. Pelo menos dez facadas. Uma mulher de dezenove anos, grávida, é achada em uma plantação de milho. Foi encontrada desmembrada e queimada em Huaquechula. Uma jovem foi encontrada assassinada a poucos quarteirões de sua casa. Será lembrada pelos amigos como uma jovem feliz, sorridente e com muita vontade de viver. O corpo da menina apresentava sinais de estrangulamento e repetidos abusos sexuais.

Assassina sua esposa e a enterra no quintal de casa. Réu mata companheira durante visita íntima. Uma mulher sem vida foi localizada dentro da cisterna de sua casa. Um cadáver é encontrado com ferimentos de facão no rosto. Acham o cadáver nu de uma mulher no meio da estrada.

Imagem de um braço cheio de terra sobre uma poça de sangue.

O corpo torturado e decapitado de uma mulher foi encontrado em um pomar de mangas. O corpo da mulher não identificada foi encontrado esta manhã; estava sendo devorado pelos cães.

Sequestram uma jovem de dezessete anos e horas depois ela é encontrada esquartejada e com marcas de tortura.

Acharam uma menor, de cinco anos, brutalmente espancada, estuprada e assassinada.

Cinco anos.

Cinco anos.

Cinco anos. Estuprada e assassinada.

Matou uma menina de treze anos depois de estuprá-la e jogou o cadáver no rio.

Apedrejaram uma mulher até a morte em frente a um cemitério.

O assassino era o namorado dela.

Era o marido dela.

Era o ex dela.

Era o amante dela.

Era o pai dela.

Era o filho dela.

Era um homem.

Era quem dizia que a amava. E a matou.

Foi assassinada e carbonizada pelo namorado.

Namorado assassino.

Marido assassino.

Amante assassino.

O amor mata.

Cravaram uma faca em suas partes íntimas. Você já ouviu falar de alguém ter mordido os mamilos de um homem antes de matá-lo? De terem cravado uma faca no pênis dele? De terem enfiado um pau no cu dele? Eu também não.

Ele a matou porque ela estava grávida.

Ele a matou porque ela não quis abortar.

Ele a matou porque ela quis abortar.

Maternidade descartável.

Mulheres descartáveis.

Eu a matei porque a amava.

Eu a matei porque ela era minha.

Como você comprova misoginia se o assassino diz que a amava? O amor é misógino.

Menor de dezesseis anos é estuprada e estrangulada. Quarenta e quatro mulheres ativistas foram assassinadas desde 2010.

O marido a espancou até a morte em sua própria casa; ela o denunciou vinte vezes. Vinte vezes. A denúncia é sua melhor arma.

Em sua própria casa.

São mortas por andarem na rua à noite.

São mortas porque são putas.

Em sua própria casa; nenhum lugar é seguro.

Nenhum.

Ser mulher é um estado de emergência.

Assassinou a esposa na frente da filha de cinco anos. Mulher é atropelada e morta por motorista que fugiu.

É morta a tiros dentro de seu quarto.

Não existe um teto todo seu quando acreditam que nosso corpo pertence a eles.

Foi enterrada no banheiro de casa.

Não existe um teto todo seu.

No México, a cada três horas e vinte e cinco minutos uma mulher morre esquartejada, asfixiada, estuprada, espancada, queimada viva, mutilada, despedaçada a facadas, com os ossos quebrados e a pele cheia de hematomas. Corpo de uma mulher, mais uma mulher. Uma mulher qualquer, uma mulher sem nome. O corpo sem vida foi encontrado. Mas nenhum deles era o seu.

V

Congelei. Você sabia que no México matam sete mulheres todos os dias? Desculpa a ironia, mas fiquei muito surpresa. Onde estávamos enquanto a cada três horas uma mulher era espancada até a morte, esquartejada e violada? Me senti péssima. Me senti a pior pessoa do mundo, porque se eu soubesse o quanto é perigoso ser mulher neste país de merda, nem louca teria deixado você sair daquela festa sozinha. Me perdoa, por favor.

VI

Às sete da manhã encontrei uma notícia que me dilacerou a alma. Acharam um corpo em um rio. Estava em um saco preto e em estado de putrefação avançado. A água do rio o mantivera escondido, mas quando a correnteza baixou, expôs os pés, seus pés. Umas crianças que passavam por ali sentiram o cheiro de morte e chamaram a polícia. O cadáver estava nu. Me custa dizer "seu cadáver". Roupas femininas foram encontradas perto do local. Uma saia jeans. Uma camiseta preta. E um tênis. Era você.

Nunca estamos preparadas para a morte de uma pessoa amada, nunca. Mas não era uma morte, era um arrebatamento. Não era uma morte, era um roubo. Te arrebataram de mim com violência. Comecei a chorar, inconsolável. Nunca tinha chorado daquele jeito porque nunca tinha me sentido daquele jeito. Era raiva e tristeza ao mesmo tempo. Só de lembrar disso sinto um nó na garganta. Foi horrível. Não consigo escrever sobre isso. Foi de partir o coração. Não identificada. Você era apenas mais um corpo neste genocídio. Uma morte sem nome que engrossava os números da morte cor-de-rosa.

"É a Claudia", seu irmão me disse. Claudia, Claudia. Seu nome soava tão distante. Mulher assassinada é identificada. Trata-se de Claudia, a jovem que havia sido dada como desaparecida. As notícias diziam. Sua família não quis saber mais. Queriam descansar, queriam enterrar você e viver o luto. Mas eu queria saber o que tinha acontecido com você e quem tinha feito aquilo. No arquivo da investigação constava que em algum momento do caminho de volta para casa você foi interceptada por pelo menos três homens que tentaram roubar seu celular, mas a situação saiu do controle. Saiu do controle? Saiu do controle? Como é que um assalto sai do controle?, perguntei ao investigador com um nó na garganta. E não pude deixar de fazer a comparação. Senhor delegado, me diga, se fosse um homem, como seria, como um assalto sairia do controle. O.k., o cara pode ser morto, esfaqueado. Mas por que ela foi estuprada, torturada e estrangulada? Por que essa diferença entre um assalto que sai do controle quando se trata de um cara e quanto se trata de uma garota? Porque ela era mulher, ele me respondeu. Mas mesmo assim não quis incluir o agravante de feminicídio. Que ódio deles, que ódio.

Depois da sua morte fiquei obcecada pelo assunto. Fiquei tão obcecada que li tudo que pude. Assisti a todos os documentários e ouvi todas as músicas sobre assassinatos de mulheres no México.

O México é um monstro enorme que devora as mulheres. O México é um deserto feito de pó de ossos. O México é um cemitério de cruzes cor-de-rosa. O México é um país que odeia as mulheres. Fiquei obcecada pelo assunto como naquela vez que fiquei obcecada com *O senhor dos anéis* e até aprendi élfico. Foi assim que encontrei a história de um pai que, em busca de justiça para a filha assassinada, foi a uma reunião do prefeito de sua cidade e lhe entregou pessoalmente o arquivo de investigação para que o ajudasse no caso. O político disse que ia ajudar, sim. Horas depois, o pai encontrou o arquivo no lixo. Ana pulou de uma ponte porque não meteram na cadeia os idiotas que a estupraram, e Teresa se suicidou quando libertaram seu marido abusivo da prisão. Mães procurando por suas filhas. Cidades cobertas de cruzes cor-de-rosa. Cidades cobertas de sinais de jovens desaparecidas. Desertos de ossos. Lagoas que devoram mulheres. Mulheres mortas brotando dos rios, dos esgotos, das areias do deserto. Corpos jogados no lixo, em sacos pretos.

Comida para os cães. Mulheres descartáveis. Mulheres decapitadas. Mulheres estranguladas. Mulheres desmembradas. Mulheres estupradas.

VII

Sua mãe sempre me acusou de ser portadora de más notícias e de assombrações. Tenho pelo menos três lembranças salvas no Facebook em que você me contou coisas, ficava alucinada com o assunto. Na primeira você me contou que sua mãe não queria que eu fosse à casa de vocês porque queria dormir tranquila naquele dia. A segunda foi para que eu, por favor, levasse meus fantasmas comigo quando saísse da sua casa, e a terceira foi uma reclamação por ter deixado um viveiro de assombrações na sua casa. Nada de paranormal jamais aconteceu comigo. Tentei te invocar muitas vezes e nada. Eu realmente gostaria que um dia você sentasse na beira da cama enquanto eu durmo e me dissesse que sou uma vadia sem coração, ou que incomodasse meu gato, ou algo assim. Mas nada disso acontece. Sua mãe claramente estava errada sobre mim.

O que fez minha família me trazer ao centro de saúde mental foi que, sério, sério mesmo, fiquei obcecada por entrar em contato com você. Fui ver quatro bruxas diferentes, duas delas ali passando o mercado, outra em uma cidade próxima e outra em Zacatecas. Como você vê, não dá pra dizer que não fiz nenhum esforço pra te ver de novo. Nenhum dos rituais funcionou. Então comecei a definhar. A morrer, a parar de comer. Eu queria morrer de verdade, porque pensei que essa seria a única maneira de te ver mais uma vez. Fiz tudo que pude para morrer, exceto, claro, me suicidar, mas parei de comer por um mês. Sobrevivi com aveia crua, água e aspirina. E um dia desmaiei no ônibus. No hospital perceberam que eu estava com anemia. Quando me perguntaram, eu disse a verdade. Minha melhor amiga foi assassinada e fiz de tudo para contatá-la. Tenho enviado WhatsApps para ela todos os dias na esperança de que me responda. Tentei invocá-la com todos os tipos de rituais, então quero morrer para me reunir com ela. Os médicos me olhavam atônitos. Então me mandaram para o médico de maluco. São sensíveis demais. Eu teria contado a eles sobre quando você roubou as cinzas do seu avô para botá-las na cerveja da garota que te roubou o Senhor Viking. Segundo a internet, era um feitiço superpoderoso porque a alma do defunto entrava no corpo da vítima e a enlouquecia, mas era uma porra de uma mentira, nada aconteceu com a infeliz, nem mesmo uma porra de uma diarreia. Nada. Ah, mas quando você se tornou amiga dela foi longe demais. Não consigo parar de rir, estou chorando e rindo ao mesmo tempo. Bom, quando vocês ficaram amigas, lembra que você disse a ela, toda envergonhada, "eu te odiava por causa do Senhor Viking e te dei de comer as cinzas do meu avô falecido, desculpa". E ela, "Ei, para de sacanagem", com o rosto contorcido, apesar de ser toda metaleira. Você se lembra do Cristo que ela tinha roubado da igreja e posto de cabeça para baixo no quarto dela? Bom, ela, a satanista malvadinha, ficou totalmente apavorada. E eu, que sou uma bobona, durmo com parte das suas cinzas, das do meu pai e das do meu gato debaixo da cama, e bem de boa. Sem fantasmas, sem loucura, sem nada.

O psiquiatra me receitou três medicamentos. Um antipsicótico, um ansiolítico e um estabilizador de humor. A psicóloga se esforçou um pouco mais no meu processo de luto. Me mandou para uma oficina de tanatologia, mas me expulsaram por ficar *trollando* a coordenadora. Propôs que, em vez de tentar me reunir com você, eu buscasse justiça. Gostei da ideia e iniciei o breve movimento Justiça para Claudia. Mas foi apenas fogo de palha. Não quero ser portadora de más notícias, mas no México os assassinatos de mulheres atingem um nível de impunidade muito elevado, 98% para ser exata. E a verdade é que a promotoria não tinha vontade nem recursos para encontrar os seus assassinos. Era uma perda de tempo e toda vez que eu saía da delegacia tinha vontade de pular de uma ponte.

A psicóloga estava começando a acreditar que talvez a vida não fosse para todos quando lhe ocorreu contar uma história que tinha lido num livro, que disse que se chamava *Garotas mortas*.[32]

Me contou que La Huesera era uma senhora muito, muito velha, tipo a dona Bigotes. Ei, espera, ela morreu, por favor me diga que está aí te fazendo comer. Bom, continuando. Acontece que La Huesera vive em algum lugar da alma. Onde está a alma? No cérebro? La Huesera vive no cérebro? Pois bem, La Huesera é uma senhora que consegue imitar os sons de todos os animais, e que de fato emite mais sons como miados, guinchos, zurros e pios, pios, do que palavras. A tarefa dela, bastante óbvia, é coletar ossos. Bem, para encurtar a história, acontece que La Huesera tem o hobby de coletar especificamente ossos de lobo. Procura e guarda esses ossos e, quando o esqueleto está completo, acende uma fogueira e monta o corpo do lobo.

---

32. Selva Almada, *Garotas mortas*. Trad. de Sérgio Molina. São Paulo: Todavia, 2018.

Canta. Canta. Canta. E vai saber que tipo de bruxaria é essa, mas os ossos se cobrem de pele, músculos e pelos, e de repente o lobo já está correndo por aí. Espera, essa não é a parte mais maluca. O mais maluco é que enquanto corre uivando para a Lua, o lobo se transforma em mulher. Uma mulher que corre dando gargalhadas.

Depois de contar a história ela me disse: "Talvez essa seja a sua missão. Reunir os ossos das mulheres mortas, juntá-los, contar suas histórias e depois deixá-las correr livremente para onde quer que tenham de ir".[33]

Tenho que deixar você ir.

VIII

Você se lembra de quando fecharam o clube *hipster* que ficava no centro, aonde íamos todos os dias para sentar do lado de fora e tirar sarro das caras tristes dos clientes? Naquele dia eu te contei que um dia ia ganhar um prêmio de literatura com as nossas aventuras. Não consegui juntar todos os seus ossos porque sua família te cremou. Mas fiz o exercício mental de imaginar que cada uma das minhas lembranças com você era um ossinho. Eu realmente gostaria de completar 206 lembranças. Mas estou cansada. Foi um processo muito doloroso e, morta, não vou servir de Huesera.

Queria contar do atraque que fizeram na casa do Loiro e de como escapamos pelos telhados de madrugada. Corremos

---

[33]. Paráfrase de frase encontrada na página 34 do livro *Garotas mortas*, de Selva Almada. (Nota da Autora)

pulando muros por um quarteirão e acabamos nos mijando de rir no estacionamento de um shopping. Queria associar cada um dos seus dedos a todos aqueles copos de *pulque* que dividimos e o seu perônio às muitas fotos que tiramos no cemitério. Adoraria que seu crânio fosse todos aqueles memes compartilhados e sua mandíbula aqueles *tamales* que você roubava de mim dizendo "Olha, um óvni". Mas estou cansada e quero fazer uma tatuagem: me rebelo porque quero continuar viva e, se eu não te soltar, se eu não te deixar ir, a tristeza vai acabar me matando.

Enquanto escrevo isso, te *stalkeio* no Face, choro e bebo *pulque*. Escrevi muitas páginas e vou enviá-las para um concurso. Você se lembra daquele meme "Ser uma gostosa mudou a minha vida"? Bom, editei e agora diz "Ser La Huesera salvou a minha vida". É uma ironia do caramba, se você pensar friamente, mas no fim das contas, como sempre, você me salvou.

Para mim todos os seus ossos estão juntos, embora as suas cinzas, ou parte delas, porque a tacanha da sua mãe não quis me dar todas, estejam debaixo da minha cama. Espero ouvir seu uivo na madrugada.

NOTAS DA AUTORA

O conto "Deus não se meteu" inclui ideias da música "Perra vida", de Tren Lokote em colaboração com Ralo e Koraza Boys.
    O conto "La China" foi inspirado no *corrido* "En la sierra y en la ciudad", de Javier Rosas.

FONTES
Fakt e Heldane Text
PAPEL
Polén Bold
IMPRESSÃO
Lis Gráfica